suhrkamp taschenbuch 510

Adolf Muschg wurde im Mai 1934 in Zollikon bei Zürich geboren. Er studierte Germanistik, Anglistik und Psychologie. 1959 promovierte Adolf Muschg mit einer Arbeit über Ernst Barlach. Danach lehrte er in Zürich, Tokio, Göttingen, Ithaca N. Y. und Genf. Seit 1970 ist Adolf Muschg Professor für Germanistik an der Eidgenössischen TH in Zürich. Prosa: *Im Sommer des Hasen*, 1965; *Gegenzauber*, 1967; *Fremdkörper*, 1968; *Mitgespielt*, 1969; *Papierwände*, 1970; *Liebesgeschichten*, 1972; *Albissers Grund*, 1974; *Entfernte Bekannte*, 1976; *Gottfried Keller*, 1977; *Noch ein Wunsch*, 1979; *Baiyun oder die Freundschaftsgesellschaft*, 1980; *Literatur als Therapie?*, 1981; *Leib und Leben*, 1982. Theaterstücke: *Rumpelstilz. Ein kleinbürgerliches Trauerspiel*, 1968; *Verkauft. Ein Monodram in einem Akt*, 1970; *Die Aufgeregten von Goethe*, 1971; *Kellers Abend. Ein Stück mit einem Nachspiel*, 1975; *Watussi oder ein Stück für zwei Botschafter*, 1977.

In sieben Erzählungen demonstriert Adolf Muschg Entfernung; Entfernung zwischen denen, die miteinander »bekannt« wurden: durch den Zufall eines gemeinsamen Hospitalzimmers, durch Ehe, Verwandtschaft, Freundschaft oder Wohngemeinschaft. Und die Entfernung auch zu sich selbst. Entfernung bedeutet nicht das relativ zu verstehende Maß, das auch Nähe mißt, sondern jene buchstäbliche Ferne, in der sich auch die Nächsten, selbst das Allernächste (das Ich) bewegen. Eine Ferne also, die weder räumlich noch durch mangelnden Kontakt offenkundig werden muß, sondern aller Nähe, allen Bindungen zum Trotz Grenzen errichtet oder sichtbar macht – zwischen Kranken und Kranken, zwischen Mutter und Sohn, zwischen Mann und Frau, zwischen Freunden. Es ergibt sich von selbst, daß der der Wirklichkeit entnommene Stoff die Phantasie des Autors nicht mehr an sich zu erproben hat, sondern sie jenem Darstellungs- und Sensibilisierungsprozeß überläßt, der aus Wirklichkeit Literatur macht.

Adolf Muschg
Entfernte Bekannte

Erzählungen

Suhrkamp

Umschlagfoto: Isolde Ohlbaum

suhrkamp taschenbuch 510
Erste Auflage 1979

Druck: Nomos Verlagsgesellschaft, Baden-Baden
Printed in Germany
Umschlag nach Entwürfen von
Willy Fleckhaus und Rolf Staudt

3 4 5 6 7 8 – 88 87 86 85 84 83

Brämis Aussicht

Sein Bild hängt noch an meiner Wand, ein rundes, bräunliches Foto aus den ersten Jahren unseres Jahrhunderts. Der Kopf sieht straff und gerade aus dem Rahmen, aber die Augen richten sich nicht auf den Betrachter, sondern etwas rechts vorbei, mit einem Ausdruck, als gehöre Tapferkeit dazu; er ist aber wohl der Anstrengung zuzuschreiben, eine Weile auf nichts als diese Fotografenhand zu starren, die sich unter dem schwarzen Tuch hervorreckt und wedelt: hierher die Augen. Immer noch hierher bitte. So wurde schon damals die Vorstellung erzeugt, der Porträtierte habe ein Ziel hart voraus, auf das es sich lohne, die Augen zu richten, die wasserhellen Augen der Familie Rüesch. Schon Kinder mußten damals, für die Erinnerung der Großen, später für ihre eigene, kleine Seemänner darstellen. Von den Erwachsenen erwartete man wenigstens den Blick, der dazu gehörte, auch wenn sie vom Lande waren – so sehr vom Land wie die Rüesch, Oberländer Bauern wie gemalt, wenn man meine Mutter reden hört.
Ich hätte nie gedacht, daß er als erster gehen würde, sagte sie von dem Mann auf dem Bild. Er war ihr Onkel Abraham, Brämi genannt, den sie als Kind noch kennengelernt hatte, in den Ferien auf dem Bauernhof. Ich habe den Mann für unsterblich gehalten, sagte sie, wie er daherkam und sich stellte. Sie habe, sagt sie, damals zum ersten Mal über den Tod nachdenken müssen und Onkel Brämi angesehen, von dem sie nur eines wußte: den trifft es nie. Er neben meinem Vater, der Bauer neben dem Angestellten, das war ein Bild wie

Tag und Nacht, sagte sie. Und ich hatte damals Angst um meinen Vater, ich wußte nicht recht, warum. Ich glaube, es kam vom Zittern in seiner Hand, wenn er mir übers Haar strich. Er streichelte mich gar nicht recht, sagte sie, er wischte was weg. Und seine Hand erinnerte an das Papier, das er in seinem engen Büro beschrieb. Ich glaube, ich wünschte ihn fort, sagte sie, darum hatte ich solche Angst um ihn. Ich dachte, ich müsse sterben, weil ich diese Hand auf meinem Haar nicht leiden konnte. Ich hätte mir wohl Onkel Brämi zum Vater gewünscht, der warf meinen Vater jedesmal gegen die Scheunentür, wenn er von der Handelsschule nach Hause kam.

Aber ich habe ihn nicht deswegen gern gehabt, sagte meine Mutter, das habe ich ja auch nicht mehr erlebt. Damals war mein Vater noch Schüler. Er erzählte selbst mit Stolz davon, wie Brämi ihn an die Wand schmiß, und ich verachtete ihn auch für diesen Stolz. Mein Vater hatte immer noch den Trost, der Feinere zu bleiben, wenn er Brämis Scherzen nicht gewachsen war. Hatte Brämi die Verhältnisse klargestellt, so konnte man wieder mit ihm reden. Er hatte Humor auf seine Art, einen Humor, den ich nie wieder angetroffen habe. Er drehte die Wörter einmal um und ließ sie fallen oder warf sie hin und ging dann weiter, als wäre nichts gewesen. Siehst du, sagte meine Mutter, das war so, als schnippe dir jemand im Vorbeigehen ohne ein Wort einen Strohhalm vom Kleid, und doch kam es mir wie ein Streicheln vor, viel mehr, als der Vater jemals konnte mit seiner ganzen Hand, die er liegen ließ, und sie zitterte doch weiter von seiner Schreibarbeit. Brämis Griff aber war ein Zeichen des Daseins. Ich glaube, deswegen habe ich ihn für unsterblich gehalten. Er hatte hellere Augen als wir alle, ich bin froh, daß du sie auch hast, etwas davon. – Und dann war er der Erste, der ging, und *so*.

Ich war schon sechzehn, als mir meine Mutter von Brämi erzählte, man müsse alt genug sein, um es zu verstehen, sagte sie. Aber ich wartete umsonst auf ihre Erklärung. Es schien keine zu geben, die meine Mutter mit ihrem Andenken zusammenbrachte, der sparsamen Erinnerung an einen mächtigen, humorvollen Bauern, der sie nie auf den Arm genommen hatte, aber während zweier Wochen Schulferien da gewesen war, wie meine Mutter nie mehr einen Menschen hatte da sein sehen. Ich war zu jung dafür, es zu verstehen, sagte sie, es gab ihn auf einmal nicht mehr. Keiner wollte mir sagen, wie und warum, es wurde mir einfach dieses Loch in die Welt gerissen.

Ich weiß nicht, ob es die Frauen gewesen sind, sagte sie mit leiser Stimme, als wäre sie selbst keine Frau.

Heute, sagte sie, kann ich mir nicht vorstellen, was dieser Mann von Frauen zu fürchten gehabt haben soll. Aber wie er mich berührt hat, sagte sie und zögerte dann: ich weiß nicht einmal, ob er es getan hat, vielleicht habe ich es mir nur mein Leben lang eingebildet. Wenn er mich berührt hätte, so wäre es wie zum Abschied gewesen, und vielleicht ist es mir darum später so nahe gegangen.

Ich habe meine Mutter vorher nie so sprechen gehört, hatte kaum gewußt, daß es diesen Großonkel gegeben hatte, den letzten Rüesch, der noch Bauer gewesen war wie seine Vorfahren. Später gab es keine Gelegenheit mehr, darauf zurückzukommen, denn meine Mutter lebte nicht mehr lange. Sie hatte seit längerer Zeit die Gewohnheit angenommen, sich beim Reden zu unterbrechen und zu atmen. Ich hielt es für Nachdenklichkeit, eine Mode gar; aber es war der Anfang der Krankheit, einer Atemnot, die plötzlich zum Ende führte.

Jetzt lebe ich schon lange allein, mit einigen Erinnerungen, die sich im Lauf der Jahre um die Erinnerungen meiner Mutter erweitert haben. Ein anderer hätte wohl nur von Vermutungen gesprochen, aber für mich haben sie eine sehr starke Realität. Seit mir die Verantwortung für meine Frau und die Kinder genommen ist, habe ich Zeit und empfinde das Bedürfnis, mich mit Menschen zu beschäftigen, die nicht mehr gegenwärtig sind; sei es, daß sie ohne mich zu leben fortfahren, sei es, daß sie nicht mehr leben und mir, wie meine Mutter, die fast körperliche Empfindung hinterlassen, es sei bei ihnen etwas offen geblieben und bedürfe einer sorgfältigen Wiederherstellung. Manchmal wage ich zu denken, daß diese Mühe sich lohnt und eine leer gebliebene Stelle füllt; als wäre jedem Menschen mit seiner Geburt ein Gedanke mitgegeben, den er, wenn er stirbt, stehen lassen muß und der zu Ende gedacht werden möchte, oder wenigstens etwas ausgemalt, um das Versäumnis weniger hart zu machen. Da ich bei mir selbst einen solchen Gedanken nicht finden kann, oder denselben im Lauf meiner letzten Jahre verloren habe, und da mein Beruf nur meine äußere Zeit beansprucht, halte ich mich gerne an Orten auf, wo ein deutlicher und heftiger Verlust zurückgeblieben ist, von meinem eigenen abgesehen; und so habe ich allmählich die Erinnerungen meiner Mutter zu meinen eigenen gemacht.

In ihrer Hinterlassenschaft habe ich Brämis Bild gefunden – es ist von ihrer Hand auf der Rückseite beschriftet –, das bräunlich blasse Bild eines damals Dreißigjährigen, der dann noch ein Jahrzehnt zu leben hatte. In einem schien sich meine Mutter ganz sicher zu sein: sie weigerte sich, Brämis Ende für eine Schande zu halten. Diese Weigerung, von deren Kühnheit ich zu ihren Lebzeiten nichts wissen konnte, habe ich dann durch eigene Forschungen zu stützen versucht. Denn die Bedürfnisse meiner Mutter sind mir heute weniger gleichgültig als in den Jahren, wo ich zu jung war, sie ernst zu nehmen; auch ich habe damals meine Mutter für unsterblich gehalten.

Ich bin, wenn ich mein Äußeres betrachte – beim Zähneputzen oder Waschen kommt es vor – mit jedem Jahr unverkennbarer der Sohn meiner Mutter geworden, habe ihre Züge zu tragen und mitzuverantworten. Ich bin mehr als ein halber Rüesch und glaube mich dieser Seite auch innerlich angenähert zu haben, im vollen Bewußtsein der Schrecken, die sich damit verbinden. Ohne diese Schrecken hätte ich, so seltsam es klingen mag, nicht den Mut zum Weiterleben gefunden, denn es ist vieles von mir abgefallen, was ich für das Allernächste hielt, was aber ohne mich ganz offensichtlich sorgloser zu existieren vermag. Um also etwas von mir weitergeben zu können, muß ich *annehmen*, was mir hinterlassen wurde. Ihren Vaternamen konnte mir meine Mutter nicht vererben, so gern sie ihn von Anfang an, und in ihrer langen Witwenzeit erst recht, hinter den Namen ihres Mannes, meines Vaters, geschrieben hat: ich heiße Bruppacher, nichts weiter. Aber seit ich weiß, daß sich für meine Mutter das Bild alles dessen, was ihr verloren gegangen ist, im Bild ihres Onkels Abraham zusammengezogen hat, und seit ich instand gesetzt worden bin, die Empfindung eines völligen Verlustes zu teilen, habe ich mir vorgenommen,

das Bild über meinem Schreibtisch gleichsam zu öffnen und dem Kopf, der da allein steht in seinem schmalen Rahmen, wieder einen Körper zu geben.
Ich habe das Dorf besucht, wo meine mütterlichen Väter zu Hause gewesen sind und ihr Land bestellt haben. Ich habe dieses Land abgeschritten und die Siedlung, die es nun überbaut, wegdenken gelernt. Ich habe mir Einlaß verschafft in das Haus, das Abraham als letztes bewohnt hat, was mir unter Berufung auf meine entfernte Verwandtschaft ohne weiteres möglich war, auch wenn die jetzigen Bauern ein gewisses Befremden nicht unterdrücken konnten – so lange weht das Grauen nach, das damals über die Örtlichkeit gefallen ist, auch wenn es sich unterdessen zu einem fahlen Gerücht, einem Stück Dorfgeschichte gedämpft hat. Man hat mich an jenem Fenster stehen lassen, das einst dem Elternschlafzimmer gehörte, und ich habe mit meiner Einbildungskraft alle Baukörper und Hindernisse weggewischt, die die letzten fünfzig Jahre zwischen meinen Blick und denjenigen Brämis gelegt haben. Ich habe gesehen, was er sah. Ich stellte fest, daß ich für diesen Blick reif geworden bin, daß all die Zeit, auch meine unersetzliche Lebenszeit, vergehen mußte, bis jemand, ich selbst, wieder an diesem Punkt stand, um die Wiederkehr jener verlorenen Minuten zu erleben. Und wenn ich davon berichte, so möchte ich keine alten Schauder neu verbreiten. Im Gegenteil, ich wünschte, die Finsternis jenes hellen Julitages aufzulösen in gleicher Art, wie Brämi, da er meine Mutter als Kind berührte, ihr die Angst vor dem Tode zu nehmen verstand. Ich weiß, daß meinen Wörtern die Kraft der Unsterblichkeit nicht gegeben ist. Möge ihnen dafür die Teilnahme anzumerken sein, mit der, wenn ich sie frü-

her aufgebracht hätte, meine Mutter vielleicht länger hätte bestehen können; länger oder doch zufriedener mit sich selbst. Ich muß den Leser bitten, seine eigene Güte dazuzutun.

Du siehst als Dreißigjähriger aus meinem Bild; zwölf Jahre später blicktest du aus deinem Fenster, das sind jetzt mehr als fünfzig Jahre her, um die Mittagszeit, ein Viertel nach ein Uhr. Die Zeit deines Todes stand in der Zeitung: ein Viertel vor zwei, am 4. Juli. Hast du es schon gewußt, als du dich neben deinen Sekretär stelltest, um durchs Fenster zu blicken, halb verborgen vom Vorhang, unsichtbar für jeden, der sich etwa nach dem Haus umgesehen hätte? Du hast nur noch geschaut. Deine Augen waren offen, die du ein wenig hättest zumachen sollen, wenn es nach deiner Frau gegangen wäre; sie glaubte dir anzusehen, daß du Ruhe nötig habest, darum war sie mit den Töchtern schon vorausgegangen. Du warst liegen geblieben, bis du das Scheunentor gehn hörtest. Sie waren zu dritt, aber du vernahmst keinen Ton außer dem Knarren der Türangeln; die hätten längst etwas Öl gebraucht. Du hörtest, daß sie nicht sprachen, vielleicht um dich nicht zu stören. Du hättest ja schon eingeschlafen sein können. Erst als du auch bei größter Anstrengung *nichts* mehr erhorchen konntest, auch keinen *unterdrückten* Laut mehr, keinen Schritt – oder gab es vielleicht in der Ferne ein Gebell, auf einmal das schwache Surren einer Flugmaschine am Himmel, oder spielten dir deine Ohren einen Streich – da hieltest du den Druck der Wolldecke nicht mehr aus und gingst zum Fenster.
Fiel es dir ein, ihnen etwas nachzurufen? Sie waren noch nahe genug. Deine Frau, die beiden Töchter gin-

gen, ihre Geräte auf der Schulter, fast unter deinen Augen ins Land hinaus. – Du wußtest genau wohin, das war ja besprochen worden. Auch jenes Stück Wiese hinter dem Waldsaum hieß einfach das »Land«. Du wußtest, wie viel es zu tun gab, nicht allzu viel heute. Du hattest den Platz vorgestern früh gemäht, als er noch naß war. Seither hatte der Hochsommer angefangen. Der Tag war hell, aber dunstig, das Wetter würde halten. Man brauchte nur das Heu zu wenden und wieder liegen zu lassen, leichte Arbeit, Arbeit für Frauen. Du wußtest auch, wann sie zurücksein konnten. Sie erwarteten, daß du nachkommen würdest, in einer Stunde vielleicht, ausgeruht, um selbst noch etwas zuzugreifen mit der Gabel, um ihnen zu zeigen, wie gut dir auch leichte Arbeit von der Hand ging.
Aber als du am Fenster standest in der Stille des Hauses, nicht ausgeruht, im Ernst auch keiner Ruhe bedürftig, konntest du auf einmal nur das Eine sehen: *sie gingen.*
Sie gingen mit leichten Schritten, die ältere, immer noch junge Frau, und die zwei jungen Mädchen. Sie gingen vom Hause weg, wo sie dich hatten ruhen heißen. Nach dem Essen, als du vor dich hinblicktest, waren sie auf einmal einig gewesen, du habest Ruhe nötig. Sie hatten es beiläufig gesagt. Und etwas aufgeschreckt, dann mit einem Witz, hattest du dich einverstanden erklärt, dich noch etwas hinzulegen. Du tatest sonst nichts dergleichen. Aber warum nicht an diesem heißen Tag, wo es wenig zu versäumen gab. Warum nicht so lange, bis die Frauen mit dem Aufräumen fertig waren, dem Waschen und Abtrocknen des Geschirrs. Vielleicht las auch eine die Zeitung, die du grade abgelegt hattest. Der Briefträger hatte sie vor Mittag gebracht, und du

hattest, wie jeden Tag, deine Frau mit dem Briefträger geneckt. Es war ein überraschender, aber nicht unwohliger Gedanke, dich jetzt etwas hinzulegen. Es hatte nichts mit dem Älterwerden zu tun, sondern mit der Möglichkeit, eines warmen Tages eine neue Gewohnheit anzufangen.

Vielleicht hast du deiner Frau noch gesagt: dir täte es auch gut. Vielleicht hat sie gelacht. Vielleicht ist dir dabei durch die Eingeweide gefahren: ich könnte ja gehen, und sie könnte auch kommen. Man hatte nie an etwas dergleichen gedacht, bei hellem Tag, aber warum sollte man nicht plötzlich das Unerwartete denken, und die Töchter waren alt genug, sie hätten sich nicht gestoßen. Lag nicht plötzlich etwas Festliches und Vergessenes in der Luft, eine gespannte, dabei behagliche Unruhe; als wären die Kinder gar nicht da; als wäre es ein Tag aus verschollenen Tagen, der mit dem Surren der Fliegen wieder wach geworden war? Vielleicht hatte es diesen frischen Tag gar nie gegeben, nur die Angst davor, und die Witze darüber; hatte es Jahre der Gewohnheit gebraucht, um ihn vorstellbar zu machen in diesem Augenblick, und die Angst zu verlieren? – Du hast gesehen, was die Fliegen trieben, es hat dich nicht gestört; du hast sie nicht, wie sonst immer, beim stärksten Surren totgeschlagen; der mürrische Ausdruck deines Gesichts *täuschte* plötzlich; jemand, der dich gut kannte, mußte es sehen. Das Zündholz hast du aus dem Mund genommen, mit Schmatzen aufgehört. Hattest du nicht schon einmal, mitten im Kauen, das Gefühl gehabt, die Bewegung deiner Kiefer sei eine Zumutung; nicht das Kauen, aber seine Gedankenlosigkeit? Auf einmal bist du befangen gewesen. Du bist aufgestanden, hast den Stuhl weggerückt nicht viel leiser als

immer und gesagt: ›Wenn ihr's nicht anders tut, dann gehe ich ein wenig am Kissen horchen.‹
Und als er stand und sich schon wegdrehte, hörte er seine Frau zu den Töchtern sagen: ›Dann gehen wir schon voraus.‹

Er beherrschte sich so weit, um nicht stehenzubleiben, weiterzugehen, nun also ins Schlafzimmer. Er ging die Treppe hinauf in eine vollkommen helle Leere hinein. Seine Füße trugen ihn von selbst, aber er hörte seinen Atem wie etwas Lästiges, Überflüssiges. Es war nichts geschehen, aber als er die Treppe hinaufging, wußte er, es war alles vorbei, und erkannte, es war nie etwas gewesen. Es war ein umfangreicher, dabei vollkommen lautloser und immer weiterdauernder Zusammenbruch; er spürte nicht einmal, daß er fiel. Aber was sich um ihn ausbreitete, war nur noch der nachklingende Spott und glanzlose Schein der Dinge. Er fand sich wie erwacht aus vierzigjähriger Erschöpfung, aber wozu; da war nichts mehr.

›Dann gehen wir schon voraus.‹ In dem Fall, daß er sich endlich hinlegte, gingen sie also schon voraus. Daß er sich hinlegte, war ein Grund, schon vorauszugehen und mit der Arbeit anzufangen. Sie hatten ihn also wirklich für müde gehalten. Sie hatten ihn keineswegs im Ernst für müde gehalten. Es war nur bequemer für sie, ohne ihn schon vorauszugehen, auf sein Land. – Wenn er »sie« dachte, dachte er an mehr als eine. Er dachte an sie alle, wie er nie an sie gedacht hatte: als Verlorener. Es war ihnen recht, ihn nicht mitzunehmen, der hier geboren, der Stärkste seiner Klasse gewesen war, Vater geworden, drei Mal, der einzige Sohn war nicht zur Welt gekommen, er hatte ihn seiner Frau weggenommen und vergraben unter dem Holunder, sie würde nie wissen wo. Er war hier zwanzig Jahre Bauer gewesen und hatte nie etwas gemerkt, in seinem Humor nichts wissen und merken wollen. Jetzt wußte er es, es war nie etwas gewesen, und sie gingen schon voraus.

Ins Bett, das gemeinsam gewesene, zur Gewohnheit gewordene Bett, legte er sich noch und zog auch die Wolldecke bis zum Kinn. Juli und plötzlich kalt. Es waren Bewegungen, bei denen er sich zusehen konnte. Er kannte den nicht mehr, der sie ausführte, und es lohnte die Mühe nicht, ihn zu kennen. Sie gingen schon voraus.

An Rache dachte er nur einen Augenblick, es war ein Augenblick der schmerzhaftesten Sehnsucht, an Rache denken zu können, er ließ ihn vorübergehen und lag wieder still.

Der Briefträger kam ihm in den Sinn; von jetzt an konnte es der Briefträger sein, jeder konnte es sein.

Dann dachte er an Schwimmen; er hatte nie schwimmen gelernt –

Das Bild des Dreißigjährigen läßt schon deutlich die drei Schnitte im Gesicht der Rüesch hervortreten:

Der erste läuft von der Nasenwurzel in die Wange hinein. Bei Leuten, die nicht Rüesch heißen, rundet er sich und fängt den sogenannten Tränensack auf. Bei den Rüesch zieht er sich gerade in die Wange hinunter. Das wäre der natürliche Weg des Augenwassers. Aber bei den Rüesch findet sich nur die trockene Spur dafür. Wir können nicht weinen. In der Wange endet sie, die Wangen höhlen sich bei uns mit den Jahren und lassen die Augen weiter und heller erscheinen. Den »Gottesblick«

hat man die Erscheinung genannt. Sie findet sich auch bei zwei, drei andern Geschlechtern, die vor vierhundert Jahren aus den südlichen Alpen eingewandert sind und sich im Oberland, nicht gerade an den günstigsten Plätzen, niederlassen durften. Der Herr, dem zuliebe sie ihr römisches Diensthaus verlassen hatten, würde es ihnen wohl auch am Schatten gelingen lassen, fanden die Einheimischen. Sie wußten der Verheißung, daß die fremdländischen Glaubensbrüder ein großes Volk werden sollten, einen Riegel zu schieben. Und die Neuen paßten sich an. Sie ließen sich ihre Namen mundgerecht biegen – die Rüesch sollen Rusca geheißen haben – und empfahlen sich durch Fleiß und Stille. Die Rüesch hatten ein paar Zelgen sauren Boden und ein Stück Wildnis zugeteilt bekommen und schufen sie mit Gottes Hilfe in einen Garten um, aber der Name Gfenn – Sumpf – blieb daran haften bis heute. Ein Sprachforscher der zwanziger Jahre hat die Mundart Brämis als »auffällig rein« und sein Gesicht als »oberländisch ohne Fehl« beschrieben. Das Sektenwesen legte sich mit den Generationen. Brämis Großvater soll dem Pfarrer noch freundlich die Tür gewiesen haben, weil er einen eigenen und klareren Zugang zur Offenbarung besaß. Brämis Vater war bereits Kirchgänger, damit auch der einzige seines Geschlechts, denn von Brämi, dem Sohn, ist kein Zug dieser Art mehr überliefert. Im Gegenteil, von meiner Mutter weiß ich, daß er »gespöttelt« haben soll. Damit hatten seine Nachbarn eine Erklärung – sie fanden noch viele andere hinterher –, warum es mit ihm nicht anders ausgehen konnte. – Daß mein Vater, der Bruppacher, fromm gewesen ist, gehört nicht zur Geschichte der Rüesch, und meine Mutter hat es ihm auch nie abgenommen.

Einmal dachte Brämi an Holunder; dann nur noch an das Wort »Holunder«. Er lag in seiner Stille. Die Luft, oder was an unmerklicher Bewegung die Luft im Sommer durchzieht, war wie abgedreht, auch seine Ohren rauschten nicht. Er hörte dennoch, mit dem Wort »Holunder« zusammen und in einer Klarheit, für die es keinen Raum mehr zu geben schien, Schritte im Haus, andere Wörter, die er nicht entziffern konnte. Es kam aus der Küche, aber nicht lange. Die Leute schienen sich zu beeilen wegzukommen, es gab eine Geschäftigkeit hinter den Wänden und Böden, die auf beschleunigtes Verstummen und völlige Stille hinarbeitete, wie die Geschäftigkeit über einem Grab, das zugeschüttet wird. Brämi hörte, als wäre es aus der Tiefe, sein Haus sich leeren von Menschen.

Der zweite Zug im Gesicht des jungen Mannes Brämi führt, wie bei allen Rüesch, von den Nüstern zu den Mundwinkeln links und rechts, aber links etwas weniger scharf. Das bewirkt eine Verzerrung der Miene, die man mit einem männlichen Lächeln verwechseln kann, der Weigerung, sich imponieren zu lassen. Brämi zeigt sie deutlich auf dem Foto und läßt erkennen, wo sein Humor sitzt, oder was meine Mutter dafür zu halten liebte. Eigentümlich bleibt, daß diese Lächelfalten von den Mundwinkeln niemals erreicht werden, sondern ihnen ausweichen, den Abstand vergrößern, bei heftiger Lustigkeit bis weit in die hohlen Wangen hinein. So kommt es, daß das Lächeln oder Lachen der Rüesch ihr Gesicht nie ergreifen kann, sondern wie eingesperrt erscheint; die ganze Mundpartie eine scharf ausgeschnittene Grube. Ich kann mir vorstellen, wie dieser Mund in guten Stunden mit Wörtern gespielt, sie hin- und hergeschoben und verdreht hat. Und doch bleibt der Gedanke wach, daß von diesem Gesicht Wärme ausgehen konnte und daß sie, wenn sonst niemand, das Kind berührt hat, das meine Mutter gewesen ist. – Daß Brämi, wie sie selbst, eine große, scharf geschnittene, gleichsam beflügelte sogenannte »Adler«-Nase gehabt hat, verbirgt er auf der Fotografie, indem er sein Gesicht von vorne zeigt. Es sei für sie nicht leicht gewesen, mit ihrer Nase einen Mann zu finden, hat meine Mutter einmal gesagt, und ich weiß noch, wie mir dieser Satz wehgetan hat, nicht um meinetwillen, ich trage an dieser Nase nicht schwer, sondern um ihrer Ehe willen. Mein Vater, der schon lange tot war, wurde durch diese Bemerkung noch mehr entwertet. Aber ich habe nie mit ihm zu leiden vermocht. Ich dachte nur an die Wahl, die meine Mutter im Leben nicht gehabt hat und deren Frucht ich bin.

Hier habe ich meine Erzählung schon einmal begonnen. Hier war es, daß Brämi, dreiundvierzig, die Scheunentür gehen hörte und daran dachte, daß er sie nicht geölt hatte. Wäre die Spannung, die ohnmächtige Spannung dessen nicht gewesen, dem gerade die Augen aufgegangen sind über seinem Tod, er hätte einen unsinnigen Schmerz empfunden bei diesem Versäumnis; jenen Schmerz, der uns nur über Einzelheiten, nie über großen Dingen ankommt; über das Unerträgliche, daß sie nicht mehr zählen, und über die für immer entzogene Vorstellung, sie könnten es noch einmal tun.

Für die Augen eines Außenstehenden, der jetzt ins Schlafzimmer getreten wäre, müßte Brämi in dieser Minute noch immer wie ein charaktervoller Oberländer Bauer ausgesehen haben. Dieser Gedanke ist von einer so entsetzlichen, dabei erleichternden Komik, daß ich mir auch schon vorgestellt habe: wenn es nun geschehen wäre? Wenn in diesem Augenblick ein fremder Mensch von der Straße das Unnatürliche getan und dieses Haus betreten hätte, wenn er die Treppe erstiegen hätte mit dem hörbaren Tritt lebendiger Füße –, wenn er vielleicht gar ein Einbrecher gewesen und beinahe so atemlos gewesen wäre wie Brämi auf seinem Bett –: ob er ihn hätte zurückholen können? Ob ein Wort gefallen wäre, ein Aufschrei meinetwegen, unter dem der mächtige Mann zusammengezuckt und in sein voriges Leben zurückgefallen wäre? Die Regung, in diesem letzten Moment instinktiv zu verteidigen, was sein eigen gewesen und ja immer noch war, wenn er sich nur einen Ruck gab? – Es ist eine Hoffnung gegen Zeit und Wahrscheinlichkeit, fast möchte ich sie eine Versuchung nennen. Ein *Hilfe*ruf vielleicht – es ist mir schon im Traum vorgekommen, daß ich Brämi angebettelt habe, diesen Hilferuf selbst auszustoßen, ohne weitern Grund. *Etwas* hätte dann ja noch passieren können. – Aber Brämi hielt den Mund. Er mußte wissen, daß es schon keine Hilfe mehr gab, daß er keine mehr wollte, nein: keine mehr wollen konnte. Denn sie hätte kommen müssen aus einem zu tiefen, unerschwinglichen Grund: weil es Brämi gab; weil er da war; weil man ihn *deswegen* suchte, nicht etwa aus Erbarmen, Rücksicht, Respekt oder Angst; auch nicht aus der Angst, er könnte wahnsinnig geworden sein. Keinen Augenblick mehr hat er mit diesem Gedanken gespielt, das weiß ich. Es war entschieden, vorbei. Nichts mehr hätte ihn dazu gebracht, sich noch einmal auffällig zu verhalten. Was ihn betraf, so waren seine Leute einmal für immer »vorausgegangen«.

Der dritte Schnitt im Gesicht der Rüesch läuft links und rechts von den Mundwinkeln zum Kinn nieder und darum herum, läßt es hervortreten wie einen kleinen unbeweglichen Ball. Es hat Rüeschs gegeben, Brämis Vater etwa, die dieses kugelige Kinn von einem Vollbart zuwachsen ließen. – Ich selbst habe Kinn und Nase meines Gesichts zum ersten Mal in einem Kleidergeschäft von der Seite zu sehen bekommen. Ich stand fünfzehnjährig in einem neuen hellen Anzug zwischen den Spiegeln wie in einem Zaubersaal; ich betrachtete mein Gesicht, ohne mich dabei direkt anzusehen, und erschrak beim Gedanken, daß aus diesem Gesicht etwas werden müsse. Gegen den Willen meiner Mutter bestand ich auf dem hellen Anzug, obwohl es doch für die Konfirmation war. Ich dachte, daß ich für die Feste der kommenden Jahre meiner Jugend einen hellen Anzug haben müsse. – Dann bin ich bei der Konfirmation tatsächlich der einzige gewesen, der mit einem hellen Anzug antrat und sich deswegen schämen mußte; es schien nun auch, als vermöchte meine Familie dem allgemeinen Brauch nicht Genüge zu tun. Und zu den Festen ist es dann kaum mehr gekommen. Das lag wohl an meiner Art und der überspannten Erwartung auf solche Anlässe, aber auch daran, daß der Konfirmationsanzug konservativ geschnitten war und für die Feste, die die andern feierten, hoffnungslos aus der Mode gewesen wäre. Vielleicht war ich aber auch froh, einen solchen Grund zu haben, um mich der Freude und ihrer Offenheit und Zweideutigkeit nicht aussetzen zu müssen. Heute tut es nicht mehr so weh. Und doch ist es das Einzige, was ich meiner Mutter kaum vergeben kann, daß sie damals nicht darauf bestanden hat, ich müsse auf alle Fälle einen jugendlich geschnittenen

Anzug bekommen, auch wenn er mich etwas gedrückt hätte, hell oder dunkel.

Mit drei Schritten ist man am Fenster in diesen Bauernkammern. Hätte Brämi sich erschossen, er hätte von selbst auf das Bett zurückfallen müssen, von dem er jetzt, die Decke weglegend, aufstand. Die drei Schritte tat er ruhig. Er dachte nichts mehr, es trieb ihn nur noch, zu *sehen,* die Leute weggehen zu sehen. Dort liefen sie hin auf dem Weg, der zu den Weiden ging, und dann um eine schwache Biegung, die sie eine Weile verbergen würde, dem Walde zu. Der Weg zum »Land« führte damals durch einen Gehölzstreifen, der dem Wasserlauf entlang hatte stehen bleiben dürfen, als hier gerodet worden war. Hinter jenen Bäumen war auch der Platz, wo man an heißen Tagen Mittag machte. Es sind keine fünfhundert Meter bis zu den Weiden, den ersten, verwachsenen Ausläufern des Waldes. Die Weidenstümpfe schienen auf einem Streifen fahleren Grüns, der Sumpfboden anzeigte, den drei Personen entgegenzukommen, sie zu erwarten, um sie dann um den Hügel herum und aus Brämis Blick zu leiten, bis zu jenem letzten Moment, wo er sie vor dem Waldrand noch ein Mal, hoffnungslos verkleinert, würde sehen können. – Sie trugen auf den Schultern Gabeln und Rechen, die etwas schwenkten, wenn sie sich einander im Gehen zudrehten. Wahrhaftig, Scherzworte tauschten die, jetzt redeten sie erleichtert, denn er war nicht mehr dabei. Sein Blick ging neben ihren Füßen her, die eine seltsame Arbeit leisteten; sie kam ihm wie ein spöttisches, tänzelndes Scharren vor, bei dem sie ihm immer wieder schnell ihre Sohlen zeigten. Wie ein Hund liefen seine Augen um ihre Figuren herum, spürten rechts und links, kannten jeden Fleck dieser entfernten Erde. Hier um die Weiden herum trieben Gewächse, die es sonst nirgends gab und die er beim Mähen immer stehen gelassen hatte, Trollblumen, Wollgras, Knabenkraut, Bienensaug und an einer einzigen Stelle der fleischfressende Sonnentau. Er hatte den Töchtern die Plätze gezeigt, aber sie interessierten sich nicht dafür. Am liebsten war ihm der kleine Bestand von spitzem, hartem Riedgras und Schilf gewesen, der die Weidenreihe abschloß und schon mitten im Hellen und Freien stand. In dieser kleinen Senke versickerte das Wasser, das vom Wald herkommend die Weiden begleitet und eine Furche in die satte Wiese gezogen hatte. Diesem Einschnitt, der an die vergangene Moorlandschaft erinnerte, führte der Weg der Frauen entlang.

Brämi konnte das Land wie im Bilde sehen, das Fensterkreuz erleichterte ihm diesen Eindruck. Wald und Wiese füllten den größten Teil davon, für den Himmel blieb in dem ansteigenden Gelände nicht viel übrig, und doch genug, um eine unvorstellbare, blendend graue Leere hinter dem Waldhorizont aufziehen zu lassen und dessen obere Ränder so zu schärfen, daß sie schartig wirkten. Selbst der Mittagsdunst dämpfte sie weniger, als daß er sie in eine Ahnung von Rauch zu hüllen schien, der, von einem Wimpernschlag zum andern, offen ließ, ob es sich da draußen um eine vollkommen strahlende oder vollkommen finstere Erscheinung handle.

Vielleicht war es der Einfall, daß dieser Tag schon in Flammen stand, der Brämis Hand führte. Er nahm mit der Rechten die rosa Sprengpatrone vom Sekretär, die er einmal im Überkleid mitgebracht und nach dem Umziehen vergessen hatte, und da man zum Anreißen eines Streichholzes beide Hände braucht, steckte er die Patrone so lange in den Mund. Seine Zunge fühlte die feste Rundung ab, die Pappe schmeckte fade, von der kurz geschnittenen Zündschnur stach ihm Schwefel und Schärfe in die Nase.

Ich habe in der Schule einen Lehrer gehabt, der uns zum genauen Beobachten anhielt. Zu diesem Zweck ließ er uns das Entzünden eines Streichholzes beschreiben. Dieses allein sollte der Inhalt des ganzen Aufsatzes sein. Er gab uns, um uns die Genauigkeit zu erleichtern, ein paar treffende Ausdrücke in die Hand. »Führung« war eines, es bezeichnete den Teil der Schachtel, der mit einer sogenannten »Reibfläche« versehen war, und ich bekam ein Lob dafür, als ich den eigentlichen Behälter für die Hölzer mit einer kleinen Schublade verglich und später die Beobachtung machte, daß ein Schwefelkopf, der bereits alt geworden oder einmal feucht gewesen ist, beim Anreißen entweder bröckelt oder nur zögernd anbrennt; ich habe etwas von »Zischen« geschrieben. Dieses Wort wäre wohl eher bei einer Zündschnur angebracht gewesen, aber unser Lehrer hielt darauf, daß wir das Zündholzanstreichen ernsthaft ohne Nebengedanken behandelten und nicht etwa an Knallkörper dachten, wie wir sie am Schulsilvester abzubrennen pflegten; jenem frühen Morgen, an dem wir auch unsere ersten Rauchversuche machten. Unser Lehrer verlangte eine einzige, sorgfältig wahrgenommene Handlung, die in unserem Aufsatz stark vergrößert drei Heftseiten füllen mußte. Und im Widerspruch zu dieser Arbeit und der Feuerwarnung, die er daran knüpfte, ließ uns der gleiche Lehrer ein kleines Liedchen lernen, einen Kanon, der im Übungsteil des Schulliederbuches stand und folgendermaßen lautete: »Schwäfelhölzli, Schwäfelhölzli, Schwäfelhölzli mueß me ha, daß me-n-alli Augeblick es Füürli mache cha.«

Brämis Frau hat Lisette geheißen; seine Töchter Anna und Gretli. Seine Lippen bildeten die Namen, deren Träger sich immer weiter entfernten mit diesem vergnügten, wie befreiten Schritt, während seine Zähne den Sprengkörper nicht losließen. Erst als die Flamme das Holz recht ergriffen hatte, richtete sie sich auf und wurde still. Er hob, ohne hinzusehen, die kleine Fackel etwas an, doch ohne ihr alle Nahrung zu entziehen; hier war noch etwas, dem er Sorge tragen konnte. Sie gingen jetzt so unmerklich, als würde ihnen der Weg unter den Füßen weggezogen; noch ein paar Augenblicke, dann deckte der Wiesenrand ihre Figuren zu. Brämi spürte den Hauch von Hitze gegen Daumen und Zeigefinger streichen. Dann taten seine Finger, was er ihnen nicht zu befehlen brauchte. Sie reichten den Flammenrest weiter an die brüchige schwarze Zündschnur unter seinen Augen. Er mußte etwas zielen dabei, die Augen scharf einstellen; in solcher Nähe sah er nur noch verwaschen, wie das Schnurende den Funken annahm und zu knistern begann. Er schleuderte mit einer letzten ungeduldigen Bewegung das Zündholz beiseite. Indem er die Augen schloß, roch er seine versengte Haut, so hatte es beim Schmied gerochen. »Hornspäne«, dachte er und hörte, weit hinter dem Knacken der Zündschnur, wieder eine Flugmaschine surren. Von dem bissigen Schmerz an seinen Fingern, die sich in der Luft geöffnet hatten, ging etwas wie

Heiterkeit auf ihn aus, die ihm die eingeklemmten Lippen auseinanderzog. Und hinter seinen Lidern tauchte das Bild eines großen Herrn auf, der, wie jetzt er selbst, die Fäuste auf den Fenstersims stützte.
Jetzt durfte er sich noch etwas wünschen. Er wünschte sich, sie möchten sich jetzt, genau in dieser Sekunde, noch einmal umdrehen nach diesem Haus; nicht seinetwegen, nur um zu sehen, wie ruhig es stand. Er war bereit, die Erfüllung seines Wunsches nicht zu sehen, die Augen verschlossen zu halten. Er gönnte sich nur den Wunsch und gab ihm nach mit ganzer Seele, die er auf einmal wieder spürte wie einen übermächtigen, erschöpften Körper; ja, bei diesem Wunsch war seine Seele noch einmal in ihn zurückgekehrt und brachte ein heftiges Heimweh mit. Er lehnte mit der Stirn, mit dem Gesicht gegen die Ferne, die ihn von seinen gewiß schon verschwundenen Leuten trennte; aber er tat es ohne das Fensterglas zu verletzen, behutsam. Als er zum letzten Mal mit dem Zug in die Stadt gefahren war, mitten im Winter, zum Arzt, hatten sie ihn begleitet und sich in dem Augenblick abgewendet, als die Räder zu rollen begannen ... er hätte hinter seiner geschlossenen Tür ja nicht zurückwinken können, selbst wenn es ihnen eingefallen wäre zu winken ... oder sie hätten nicht gesehen, wenn er gewinkt hätte, also fingen sie lieber gar nicht damit an. Was sollte es, sie dachten einfach nicht daran, mein Gott, eine Fahrt in die Stadt, wenn man sich am Abend wieder sah, wie immer, und der Arzt würde ihm ja nicht den Kopf abbeißen ...
Brämi wartete ... er war verrückt genug, in diesem Augenblick auf nichts anderes zu warten als jenes ausgebliebene Winken am Bahnhof. Und als er sich das

eingestand, öffnete er die Augen einen Spalt und *sah*; sah kein Land mehr, sondern ein Gesicht im Fenster gespiegelt, ein verschmiertes Kindergesicht mit einem rosigen, rauchenden Zuckerstengel im Mund. Sein Gesicht; was für eine Täuschung zu glauben, er habe je ein anderes gehabt. Er schlug die Augen nieder. Moment, dachte er. Moment, ich muß noch dieses Warten sterben lassen. Es ist der falsche Wunsch gewesen. – Jetzt habe ich keinen mehr, ich habs überlebt.

Jetzt hatte er Zeit. Er ging einen Schritt ins Zimmer zurück; es war wie ein Schritt der Höflichkeit, mit dem man alles andere vortreten läßt, alle, die gehen wollten und schon gegangen waren. Er öffnete die Augen, das Räuchlein an seinem Mund strich seitwärts. Das Fenster spiegelte nicht mehr und faßte ein gedrängtes, zufälliges Stück Land ohne Himmel zusammen. Es war kein Mensch mehr darin zu sehen. Und indem er seine Augen festmachte auf dem kleinen Zug von Weiden, die im Bild geblieben waren, auf der Andeutung einer Weichheit, eines Versinkens des Landes im Land, das die Gestalt einer mürben, blind endenden Furche hatte, wartete er, mühelos ans Bettende gelehnt, auf gar nichts mehr. Jetzt war er nur noch da – DA!

Die Explosion habe die obere Fassade weggesprengt und einen Teil des Daches abgedeckt, die Ziegel seien einen halben Kilometer weit verstreut gewesen, erzählten die Leute, die den Hof jetzt bewohnen. Sie setzten voraus – und meine Sachlichkeit bestärkte sie darin –, daß meine Verwandtschaft zu Brämi distanziert genug sei, um sie ohne falsche Pietät von seinem Ende sprechen zu lassen. »Sie haben ihn von den Wänden kratzen müssen«, sagte der Bauer, der eine landwirtschaftliche

Fachschule besucht hat und eher wie ein junger, volksverbundener Unternehmer wirkt. Auch seine Frau ist nicht mehr, was sich alte Leute unter einer Oberländer Bäuerin vorstellen mögen. Sie stammt aus dem Bernischen, ist ihrem Dialekt treu geblieben und liest nicht selten ein anspruchsvolles Buch. Etwas Verlegenheit mochte es ihnen bereiten, ein Erbe zu verwalten, mit dem sie nichts zu tun haben, aber nicht allzuviel Verlegenheit. Das Anwesen ist, neben alte Fotografien gehalten, nicht wiederzuerkennen, nach der einen Seite ausgebaut – das neue Wohnzimmer hat schon städtischen Charakter, es fehlt weder der Fernseher noch das Cheminée – und um ein Ökonomiegebäude erweitert, in dem sich nach den modernsten betriebswirtschaftlichen Grundsätzen arbeiten läßt. Die Töchter seien bald darauf weggegangen, sagten sie, die Frau habe noch einmal geheiratet, einen Wirt aus der March, und den Hof verkauft, sagte der junge Ökonom. Wir sind schon die Dritten seither. – Ich nickte abwesend, denn zum ersten Mal fiel mir auf, daß ich mich um Brämis Nachkommen, meine Kusinen entfernten Grades, nie gekümmert habe; demnach hat es auch die Mutter nie getan. Rüesch können jene Leute nicht mehr heißen, und ich denke, wenn sie noch leben, legen sie keinen Wert darauf, gesucht und an das Unglück erinnert zu werden.

Wissen Sie, sagte die junge Frau, ich glaube, es hat den Leuten damals auch an Kontakt gefehlt. Sie haben alles in sich hineingefressen und mit sich selbst ausgemacht, und wußten dann doch nicht, wie. Die redeten zwar viel von Nachbarschaft, aber sie hatten ihre Nachbarn nur für äußere Notfälle. Ich glaube, daß in den meisten Häusern früher so etwas wie Bürgerkrieg geherrscht hat, in dem sich die Leute geschlissen haben. Mir kommt vor, unsere Eltern – und jetzt redete sie auf einmal von ihren eigenen Eltern – hätten eigentlich nur von ihren Schuldgefühlen gelebt, und das konnten sie nicht. Und dann wunderten sie sich, wenn es auf einmal krachte. – Ich nickte zu diesen Worten, die gewiß etwas Richtiges enthielten und zu einem andern, leichteren Leben dienen können, das freilich auch heute noch nicht jedem gegeben ist, nicht einmal in städtischen Verhältnissen. Man kann da immer noch, und vielleicht gerade heute wieder, wie auf dem finsteren Lande leben. »Ja, die haben noch aus jeder Mücke einen Elefanten gemacht«, warf der junge Bauer ein, und ich war plötzlich nicht sicher, ob er seine Frau richtig verstanden hatte und ob das auf die Dauer gut gehen würde. Aber die junge Frau bemerkte nur, daß man eben Kontakte suchen müsse und daß es in jeder Lage darauf ankomme, positiv zu sein, das Positive zu sehen.

Heute weiß ich, daß es den ungeheuren Knall, den mir meine Mutter verschwiegen hat, in ihrem eigenen Leben nicht geben durfte. Ich verstehe sehr gut, warum sie sich weigert, Brämis Tod als Schande zu betrachten, denn die Schande sieht ganz anders aus. Ich wäre vielleicht nicht geboren, wenn meine Mutter die Kraft gefunden hätte, für ihr Glück zu leben. Dennoch weiß ich, daß es die Explosion, an der Brämi gestorben ist, in ihrem Leben hätte geben müssen. Um jeden Preis hätte es sie geben müssen. Wenn es wahr ist, daß sie sich Streit erspart hat um meinetwillen, dann will ich wenigstens den Preis beim Namen nennen; dann bin ich dieser Preis. Ich kann ihn nicht bezahlen. Für mich ist die Zeit großer Töne und Geräusche vorbei. Aber nennen will ich ihn, unnachgiebig und brauchbar wenigstens in diesem einzigen Punkt. Denn um diesen Punkt, den Punkt der vollkommenen Ehrlichkeit, muß die Erde gedreht werden, wenn auf ihr das, wozu sie geschaffen wurde, in Erfüllung gehen soll.

Hindukusch

»Es ist ein besonders schönes Zimmer«, sagte die Schwester, als sie die ledergefütterte nahezu quadratische Tür aufzog, »und so ruhig.«
Die Mutter, die sich im Korridor eben noch hatte führen lassen, zog ihren Arm aus dem Arm des Sohnes, betrat das Zimmer ohne Zögern und richtete sich dabei ein wenig auf. Der Sohn hätte sich darüber freuen können, wenn sie sich nur einmal umgesehen hätte, aber das tat sie nicht, roch nicht einmal an dem Zimmer, das ihn mit Köfferchen und Schneeglöckchen in der Hand auf die Schwelle zurückdrückte. Die Mutter lief in diesen fremden Raum hinein, als wäre sie jetzt angekommen, und als wären die paar unfesten Schritte, die sie noch allein getan hatte, die letzten Schritte einer langen Flucht gewesen.
Die Schwester machte ihre Honneurs; es war Sonntag, sie wirkte als Oberschwester nur aushilfsweise hier. Beides zeigte sie durch ihre leutselige Andächtigkeit an, zeigte aber auch, wohin die Mutter den Mantel hängen konnte. Das war der Wink für den Sohn, Mutters Koffer abzustellen und ihr aus dem Mantel zu helfen, der, wie immer, zu dick war für die Jahreszeit, besonders wenn man im Auto von Tür zu Tür gefahren ist. Die Mutter tat immer so, als wisse sie nie, wofür man noch einen dicken Mantel brauchen würde. Außerdem hatte sie nie selbst einen gekauft. Ihre Mäntel, Schuhe und Hüte waren gute Stücke, die ihr nach dem Tod ihrer Privatpatienten zugefallen waren, ein bißchen aus der Mode und zu schade zum Weggeben; fast alles, was die Mutter nach einer Sterbe-

nacht in feinen Häusern geerbt hatte, paßte ihr gleich oder trug sich in ein paar Tagen ein. Es war, als hätte die Mutter gar keine eigene Figur. Richtig, die Schneeglöckchen: einen Augenblick lang hatte er nicht gewußt, wohin damit, da hatte die Oberschwester namens Ursula sie ihm aus der Hand genommen und versprochen, dafür »ein Väschen« zu holen. Das tat sie jetzt eigenhändig, nicht ohne sich durch einen Blick über die Schulter zu versichern, daß ihre Gäste sich wohlfühlten. »Gehen Sie doch einmal auf den Balkon«, sagte sie. »Sie werden sehen, da ist es schön geschützt.«

Mutter und Sohn gehorchten; er riegelte ihr die Glastür auf und ließ sie vorangehen. Der Balkon war ein überdachter Zementstreifen, eine lange Galerie, die durch Gitter in zahllose Kojen unterteilt und vollständig entvölkert war, wie ein Tierhaus bei schlechtem Wetter. Geschützt war er schon, der Balkon, die Mutter bestätigte dem Sohn, daß er schön geschützt war. Man sah in ein Stück Hof mit Kieswegen hinaus; die Wege liefen zwischen aufgeschütteten schwarzgenäßten Rosenbeeten zu leeren Eisenbänken und verschwanden hier und dort zwischen immergrünem Zeug, in dem die Feuchtigkeit knisterte. Es regnete nicht gerade, aber die Luft war dicht, es nieselte, trübte schon den gegenüberliegenden Spitaltrakt grau ein und nahm allfällige Hintergründe ganz weg. Dabei rührte sich etwas Helles in der Höhe, gab dieser Aprilluft einen Stich oder fahlen Glanz, den die Baumgerüste im Garten rötlich erwiderten; sie warteten nur auf einen besseren Nachmittag, um die Härte dieses Gartens zu dämpfen mit einem Gedanken von Grün. Ein kleiner Birnbaum prahlte mit seinen Knospen wie ein Leuchter; vielleicht würde die Mutter das Leuchten noch erleben.

Sie stand neben dem Sohn auf dem Balkon; er hatte nicht den Eindruck, daß sie etwas sah. Sie stand einfach da, auf dem Balkon, der leer und so schön geschützt war. So war es mit ihr: wenn sie nichts zu schaffen hatte, stand sie da, und es hatte schon früher so ausgesehen, als täte ihr dann etwas weh. Jetzt hätten sie über etwas reden können; schließlich war er sechs Monate weggewesen, im Hindukusch, mit einer Expedition, welche die Ernährungsweise eines kariesfreien Bergstamms erforschte. Als Meteorologe hatte er sich mit Wolkenbildungen befaßt, sie hatten mit dem Projekt nichts zu tun, aber er hatte sich dazu gedrängt, auf die Gefahr hin, aus Mitleid mitgenommen zu werden. Er mußte endlich einmal von zu Hause fort. Die Mutter hatte mit keinem Wort nach den sechs Monaten gefragt, auch nicht nach dem Auto, das er sich gleich nach der Rückkehr angeschafft hatte, um sich bewegen zu können, nicht so verloren zu sein; dieses Auto wurde schon am zweiten Tag benötigt, um die Mutter ins Krankenhaus zu fahren, und sie war hineingekrochen, ohne es zu bemerken, wie in in Taxi. Sie hatte ihn nicht einmal gebeten, sorgfältig zu fahren, oder gefragt, womit er es bezahlt hatte, oder ob er überhaupt ein Auto nötig habe. Darüber war er mehr erschrocken als über ihr klein gewordenes Gesicht oder die verlorene Heftigkeit ihrer Schritte. Es war, als wäre er gar nicht weggewesen, oder nicht richtig heimgekommen. Um nicht zu schweigen, sagte er: »Komm herein, ohne Mantel ist es immer noch kühl«; und wieder gehorchte sie so willenlos, daß ihm graute.

Die Oberschwester war mit einem Orchideengläschen zurückgekommen und hatte die Schneeglöckchen-Köpfe ringsum über den Rand gehängt; mehr konnte man für die Blumen nicht mehr tun, doch das Lächeln der Schwester hatte nichts von seiner Bestimmtheit verloren.

»Meine Mutter war auch einmal Krankenschwester«, sagte er.

»Ach«, sagte Schwester Ursula.

»Es ist ein schöner Beruf«, sagte die Mutter. Recht setzen konnte man sich in diesem Raum nirgends, sie versuchte es mit einem abwaschbaren Stühlchen; das schien auch wieder wehzutun.

»Komm doch hierher, Mutter«, sagte der Sohn. Es gab ja noch einen richtigen Krankenstuhl in diesem Raum. Aber als er sie anfaßte, zog sie den Arm weg, störrisch; er hatte sie doch nicht angreifen wollen.

»Der tut es auch«, sagte die Mutter und klammerte sich an die hölzernen Armstützen.

»Waren Sie gestern nicht am Fernsehen?« fragte Schwester Ursula den Sohn.

»Das muß unglaublich interessant sein«, sagte Schwester Ursula. »Diese Entwicklungsländer. Ich könnte dort nicht leben. Die sozialen Gegensätze würden mich deprimieren.« Die Mutter sagte: »Ja, wir haben es gut.«

Der Sohn sah sich um in dem riesigen Zimmer; es hatte die feudale Leere eines Zimmers aus dem vergangenen Jahrhundert, welche die paar hygienischen Möbelchen schluckte: die kärgliche Sitzgelegenheit, auf der die Mutter mehr kauerte als saß, die Waschgelegenheit in der Ecke, verschiedene Abstellgelegenheiten und den blassen Schrank. Körperlich wirkte nur das Bett. Es stieß aus der Wand in den Raum, obwohl es ein Stück von ihr abgesetzt war, damit man dahinter besser saubermachen konnte. Der Sohn brachte seine Augen

nicht von diesem Bett, das ihm wie eine einzige straffgemachte und weiß verkleidete Lüge vorkam, ein Bett nur zum Schein, das eine höllische, ausgeklügelte Bequemlichkeit versprach, aber, kaum lag man drin, sich als Maschine entpuppte, in der man geknickt, zerbrochen und weggerollt werden konnte auf diesen versteckten Rädchen, Gott weiß wohin.
»Hast du hier nicht auch schon Nachtwache gemacht, Mutter?« fragte der Sohn zuhanden der Oberschwester, aber auch, um den Bann dieses Bettes zu brechen und seine Mutter aus ihrer schrecklichen Ergebenheit zu scheuchen, sie daran zu erinnern, daß die Geräte in diesem Raum nicht das Ende, sondern beherrschbar waren; wie sehr brauchte er selbst diesen Trost. Ja, vor vielen Jahren sei sie hier auf Nachtwache gewesen, sagte die Mutter, als wäre es nicht mehr wahr und brauchte Schwester Ursula nicht zu kränken; Mutter, Mutter, du darfst hier nicht so grauenhaft zu Hause sein. Und während er seine Mutter Schwester Ursula nach den Oberschwestern fragen hörte, die es damals, vor ihrer Zeit, hier gegeben hatte und, wie Schwester Ursula zeigen konnte, seit vielen Jahren nicht mehr gab, oder nur noch als blasse häubchentragende Sagen und entkräftete Gerüchte,
sah er mit offenen Augen seine Mutter selbst entschwinden und seine eigene Kindheit blaß werden, wie sie wirklich, nie recht wirklich gewesen war.
Er sah das Leben der Mutter in klinischen, wie entfleischten Zügen vor sich: ein Mädchen, das vor ihrem eigenen Körper in allerlei kleine und immer größere Dienste flüchtete und im Krankendienst sozusagen glücklich war, bis sie sich von einem ihrer Patienten, einem nicht mehr jungen Beamten, aus dem Kranken-

haus wieder in ein fremd gewordenes Leben hatte schleppen lassen. Wie sie nochmals in das Spital hatte zurückkehren dürfen, um dort ein Kind zu gebären, unter allen Schmerzen, mit denen sie für seine befleckte Empfängnis zahlen wollte. Wie lieb dann das Kind gewesen war, solange sie es noch hatte pflegen dürfen, und wie es dann größer und weniger lieb geworden war, Jahr um Jahr. Glückliche Jahre, so lange es noch Kinderkrankheiten gegeben hatte, immer schwierigere Jahre, als es sich nicht einmal mehr von ihr baden ließ, aber es gab ja auch kein richtiges Bad, nur eine von Hand zu füllende Zinnwanne in der Waschküche. Wie sie dann, nachdem sie ihren Mann zu Tode gepflegt hatte, wieder Pflegen annehmen durfte, um das unverständliche Kind, das keins hatte bleiben wollen, durchzubringen, über die böse Entwicklungszeit hinwegzuretten, etwas Höheres aus ihm zu machen, am liebsten ein gutes Werk. Wie sie sich an diesem betrügerischen Leben gerächt hatte, indem sie in Schwermut verfiel, monatelang sich in Heil- und Pflegestätten vor dem Undurchsichtigen in eine Art Sicherheit brachte, die eigentlich nur im Gehorsam gegen ärztliche Vorschrift bestand und das pflegend Ersparte im Nu verzehrte. Wie sie, kaum gesund, nie richtig gesund, wieder zu pflegen begann, um die Schuld abzuarbeiten. Wie sie in feinen Häusern an den Betten Sterbender gewacht hatte, in eine Strickjacke verpackt, denn in diesen Häusern pflegt die Ölheizung nachts auszugehen. Wie sie nicht gewußt hatte, was der Sohn, den sie mit ihrer Schlaflosigkeit ernährte, in diesen Nächten trieb: sie hätte es nicht für wahr gehalten, und richtig wahr war es ja auch nicht gewesen, dafür sorgte die Scham, die der Sohn vor seiner ärmlichen Wohnung empfand.

Wie sie bei Tage nie hatte ausschlafen können, wegen der Unruhe auf der Straße, und weil das Mittagessen bereit sein mußte, wenn der Sohn aus seiner höheren Schule kam. Wie sie »Professorentee« gebraut hatte, wenn er erkältet ausgesehen hatte; wie er dann doch kein Professor geworden war, nur ein mittelmäßiger Student und dann ein Beamter bei der meteorologischen Zentralanstalt. Wie sie – das war noch keine Stunde her – an einem regnerischen Sonntag endlich ihr Köfferchen hatte packen dürfen, weil es vor Schmerzen nicht mehr auszuhalten war. Er sah sie zwischen Schrank und Koffer ihre Sachen ausbreiten, geflickte Wollhosen und ausgebleichte Schlüpfer, windelartiges Unterzeug und das immer gleiche rosa Korsett. Jetzt war sie ja krank und brauchte keine Scham mehr zu kennen, nicht einmal vor dem Sohn, der gerade von einer Reise ins Hindukusch zurückgekehrt war; das alles brauchte sie jetzt nichts mehr anzugehen. Er hatte wegsehen müssen von ihren immer neuen systemlosen Gängen zwischen Schrank und Koffer, um in einen Regen zu starren, der ebenfalls kein Ende nahm. Und jetzt wußte er nur noch, daß er einmal jeden Tag an jenem Bett stehen durfte, in diesem sinnlos vergrößerten Raum, der eigentlich ein Wartesaal war, um die Rolle, die er in ihrem Schwesterleben gespielt hatte, abzubüßen. Was er später treiben und mit sich noch anfangen mochte, nun, das würde ihr dann nicht mehr wehtun.

Da sei noch etwas, sagte dann Schwester Ursula, leider müsse das noch sein, und weil das Büro sonntags geschlossen sei, könne man es getrost mit ihr erledigen. Der Sohn hatte keine Ahnung, wovon sie redete, aber die Mutter schien dieses Spitaldeutsch auf Anhieb begriffen zu haben und nestelte aus ihrem Täschchen einen ihrer grauen Büttenbriefumschläge heraus, die sie auch für Notizzettel verwendete. Sie schienen immer etwas Qualvolles zu enthalten, das aber nie ausdrücklich darin stand, sondern sich hinter Ermahnungen versteckte. Mutters Schrift war weder Schreibschrift noch Blockschrift und konnte nur mit Mühe gelesen werden, weil sie aus vielen kleinen Zusammenbrüchen bestand, so als hätte sich die Feder gefürchtet, ihren Raum zu benützen, habe sich darauf zusammengekrampft und dann wieder davonzurennen versucht. »1500 Franken« hatte diese Feder groß und unsäuberlich auf den Umschlag geschrieben. Die Schwester nahm ihn, zählte die Noten ab, während ihr Mund sich darauf vorbereitete, etwas ganz anderes zu sagen. Eben, sagte sie bedauernd, es sei immer dasselbe *Mißverständnis* bei dem Arzt, der die Mutter eingewiesen habe, es handle sich nämlich um 2500 Franken, die der Patient zu deponieren habe. Aber nein, was sollte die Mutter denn für das Mißverständnis können. Die übrigen tausend hätten natürlich Zeit, es sei ja Sonntag, sagte sie an den Sohn gewandt, außerdem sei bei ihnen leider Barzahlung üblich. Die Schwester wollte aber auf diesem Punkt nicht verweilen, sondern sich jetzt zurückziehen, schließlich hatten Mutter und Sohn am Tag vor der Operation noch ein Recht auf ein Gespräch, darum quittierte sie die 1500 und zog sich mit einem Händedruck für den Sohn – *wir* werden uns ja wiedersehen, Frau Brunner – und einem Blick für die Blümchen zurück. Niemand kann sich zurückziehen wie eine gute Oberschwester, es gehört zu ihren zartesten Berufspflichten; und so saßen Mutter und Sohn im Nachklang der zugezogenen Tür wie Prüflinge da, während ein Balken

Sonnenschein, der bisher müde auf dem Kunstboden gedämmert hatte, plötzlich aufglühte, ein Wunder auf Befehl.
Ein Sonntag wie früher; alle Sonntage zu Hause waren immer Totensonntage gewesen. Der Sohn begann zu wandern, als hätte er ein Ziel. Zu spielen wußte er mit dreißig Jahren nichts mehr. Er ging ein paar Schritte in den Korridor hinaus, durch den zwei alte Damen geschlichen kamen, sich aufeinander stützend, nur der Morgenrock der einen gab zu erkennen, daß sie jetzt gerade die Kränkere sei; er kehrte zur Mutter zurück, drückte die Tür hinter sich fest, jede Bewegung war jetzt *gestellt.* »Dein Arzt ist Spitze in seinem Fach«, sagte er. »Spitze«, er haßte solchen Jargon auf den Tod, aber wenigstens klang es nicht mutterfromm. Nur nicht eingehen jetzt, nicht wieder zum Kind schrumpfen, die alte Frau nicht ansehen, sich nicht plündern lassen von ihrem Hungerblick. Nicht von der Reise anfangen, sonst nahm ihm die alte Frau auch diese Reise weg. Aber daß sie nicht einmal danach gefragt hatte. Wo sie doch dreißig Jahre nur noch seinetwegen da gewesen sein wollte. Früher war sie manchmal in Lichtbildervorträge gelaufen, und jetzt hätte ihr Sohn die echten Bilder gehabt, Yak-Herden auf dürren Geröllweiden, über denen der Schorf von Vier-, Fünf-, Sechstausendern in die Wolken wucherte, und wie der Himmel einem schwarz wurde vor den Augen in der viel zu leichten Luft. Wo war die Mutter denn gewesen – nie fort war sie gewesen, in Genf ein halbes Jahr, und wenn es hoch kam, einmal am Lac d'Annecy, wo die Familie, deren Kinder sie hütete, ein Landhaus besaß. Es gab Fotos von diesem bißchen Ausland, dilettantische Uferstücke mit einer kamelartigen Unschärfe im Hin-

tergrund, die wohl ein Berg sein sollte, und vorn in der Ecke das junge steife Mädchen in einem Sackfähnchen, mit Schwermutsaugen unterm Kübelhut. Und die Kinder natürlich, die nicht wie das Fräulein stillzuhalten brauchten, wenn man auf sie schoß. Sie hatten gerade eine erstarrte Wasserschwade aus dem See gehoben und zeigten mit aufgesperrten Mäulern, daß sie das Motiv waren und das Fräulein nur ein Requisit. Und sie war es zufrieden, sie wußte nichts Besseres, schon damals nicht.

Er nahm eine gefaltete Pappe hart vor der Mutter weg, es war die Preisliste des Spitals.

»Weißt du, was dieses Zimmer kostet?« fragte er. »Hundertsiebzig. Pro Tag.«

Sie nickte; sah sie ihn denn? Hatte sie gehört, was er sagte?

»Das ist aber nur Zimmer und Verpflegung«, bohrte er. »Die Operation ist extra, das Arzthonorar sowieso, jedes einzelne Medikament wird gesondert verrechnet. Das paßt zu den Zweitausendfünfhundert, die sie einem gleich zu Beginn ausreißen.«

»So viel?« fragte sie.

»So viel?« höhnte er. »Du bist doch dabeigewesen. Du hast es ja so gewollt.«

»Das ist nicht wahr!« sagte die Mutter und hatte plötzlich ein Schreien in der Stimme. »Ich habe ihnen gesagt: ein einfaches Zimmer!«

»Hier gibt es keine einfachen Zimmer. Das ist eine Privatklinik, ein Geschäft mit Patienten. Das mußtest du wissen.«

»Das hat mir niemand gesagt!«

»Wenn du nicht fragst. Die wären schön blöd. Man muß schon fragen.«

»Ich habe gefragt, was kann ich dafür, wenn die nicht alles sagen!«
»*Wen* hast du gefragt?«
»Ihn selber, und dann sagte er, um diese Geschichten kümmere er sich nicht, das müsse ich mit der Praxishilfe abmachen, und die hat dann angerufen und gesagt, mit Bad gebe es keines mehr, und ich habe gesagt, wozu denn ein Bad, nur ein Zimmerchen, und dann hat sie es mir einfach bestellt.«
»Ja«, sagte der Sohn langsam mit Blick in die Karte, »es gibt tatsächlich Zimmer mit Bad, und die kosten dann 240 Franken, die sind Luxusklasse für Filmstars und Ölscheiche, da dachte die Praxisgehilfin, ach nein, erste Klasse tuts auch für eine Frau ohne Krankenkasse, da kann sie ihr Erspartes in zehn Tagen durchbringen statt in einer Woche –«. Er schwieg vor Wut, daß ihm keine schneidenderen Wendungen einfielen, daß er das Elend nicht in zwei Sätzen totformulieren konnte. Aber das Elend war hauptsächlich, daß er sich auch mit seiner Wut noch an *sie* halten mußte, daß sie sein einziges Ziel blieb, weil er andern Leuten gegenüber so hilflos war wie sie. Wie hätte schon die Praxishilfe seine Einwände weggewischt, vom Arzt zu schweigen. Es hätte damit geendet, daß er sich entschuldigt hätte wegen der Unverschämtheit, für weniger Geld leiden zu wollen.
»Sie hat doch nicht gewußt, daß ich in keiner Krankenkasse bin«, sagte die Mutter.
Gut, Mutter. Sie hat es nicht gewußt. Es stand zwar auf dem Anmeldeformular, aber warum hätte sie es dort nachlesen sollen. Du hättest es nochmals sagen können, aber wozu. Vielleicht hättest du dir damit nur ihre gedankenlose Höflichkeit verscherzt. Vielleicht

hätte dich der Arzt gar ungeduldig angesehen. Wozu das riskieren. Es hätte doch nicht geholfen. Das Schlimmste, Teuerste und Kläglichste wäre doch eingetreten. Wir sind solche Leute. Wir müssen froh sein, wenn man uns operiert.

»Du bist eben zu lange fort gewesen«, sagte die Mutter.

Dazu schwieg er. Ein todmüder Stolz beschlich ihn, daß er zu dieser Bemerkung seiner Mutter hatte schweigen können. Dann sagte er, ohne zu wissen, wie er dazu kam:

»Arschlöcher.«

Er meinte nichts Bestimmtes damit, das war klar, nicht wahr, Mutter, er würde doch in der Gegenwart einer Schwerkranken nicht so grob reden, wenn es etwas zu bedeuten gehabt hätte. Dazu hatte sie ihn doch nicht erzogen. Höchstens suchte er ein bißchen Streit, den altvertrauten, lebenslänglichen und am Ende tödlichen Streit um fast gar nichts. Und sie gönnte ihm den Streit, sie sagte, ohne sich dazu aufzusetzen – dafür litt sie ja zu sehr –:

»Du solltest nicht so kommune Wörter brauchen.«

Wieder richtig, Mutter. Für fünf Rappen fragen oder denken, das haben wir nicht nötig, wir zahlen lieber 170 Franken am Tag, die wir nicht haben, und gehen vor entsprechender Scham ein, in aller uns geziemenden Stille. Aber dem andern ein unfeines Wort vorhalten, das können wir noch lange. Wir wissen doch, es hat nichts zu sagen angesichts der Höhe unserer gottgegebenen Unvernunft. Was sind wir doch für Komplizen, Mutter, was haben wir uns alles nicht angetan. Der Versuch, einander gern zu haben, was hat uns der für komische Umstände gemacht. Nimm nur das Schenken,

Mutter. Ich wußte nie etwas zu schenken für dich, dafür hättest du dir ja Bedürfnisse erlauben müssen oder gar Wünsche, aber die verbatest du dir, bis auf die frommen, und die waren unerschwinglich. Was schenkt die Mutter dem Sohn? Das Leben, gut, das wäre schon etwas gewesen. Aber danach? an den Geburtstagen, und den gewöhnlichen Tagen? In all den Jahren, wo es kein Spielzeug mehr sein konnte, sondern »etwas Rechtes« sein mußte, hatte sie ihm Geschenke immer gleich mit den Quittungen zusammen gegeben: du kannst es ja umtauschen. Woher hätte sie wissen sollen, was er brauchte, außer wenn er krank war. Einmal hatte sie ihm zwei vergoldete Magnete an einem Kettchen gekauft, mit denen er seine Kravatte hätte befestigen sollen; damals trug er schon lange keine Kravatten mehr. Aber das wollte sie nicht bemerkt haben. Vielleicht bewirkte das kleine Patent ja ein Wunder und machte ihn wieder zu dem sauberen, gescheitelten und altklugen Kind, das er ihr zuliebe gewesen war. Später zupfte sie gern noch rasch an seinem »Äußeren« herum, bevor er wegging, sei es zu fremden Leuten – eigentlich nannte sie alle Leute »fremd« – oder auf sein Studentenzimmer in der Stadt. Dieses Zimmer hielt sie, jede seiner Abwesenheiten benützend, sauber wie ein freundlicher Spuk. Sie brauchte nicht da zu sein, Hauptsache, sie war da gewesen, und man sah es dem Zimmer an. So verkroch sich die Gestalt der Mutter, nachdem sie einander nichts mehr zu sagen wußten, in die durchdringende Stille eines aufgeräumten Zimmers. Nie tadelte sie seine Unordnung; sie kam ja nur noch durch seine Unordnung an ihn heran.

Jetzt blickte sie in sich hinein mit jenem erloschenen und unbelehrbaren Ausdruck, den er als Kind für das

Gesicht aller Mütter gehalten hatte (die feineren Mütter seiner Kameraden verstellten sich nur, oder es waren gar keine richtigen Mütter, nur Damen). Später, als er heranwuchs und gern mit Worten gekämpft hätte, wurde es zum Schrecken, dieses Gesicht. Denn dagegen konnte man nicht kämpfen, es ließ einem nur die Wahl, zu verstummen oder laut zu schreien.

»Ich werde mich nicht in dieses Bett legen«, sagte die Mutter und betrachtete es, »wenn das *so* teuer ist.«

Er sagte so kalt wie möglich:

»Du wirst dich sogar sehr bald hineinlegen.«

»Ich will ein anderes Zimmer.«

»Da gibt es jetzt nichts mehr zu wollen. Ein Spital muß auch disponieren. Patienten kann man nicht verschieben wie Hotelgäste. Und die andern haben auch zu teure Zimmer.«

»Willst du dich nicht hinsetzen?« fragte die Mutter. »Du siehst schlecht aus. Hast du Fieber?«

Augenblicklich spürte er, wie sein Gesicht zusammenfiel. Ja, sie kämpfte besser als er, das war immer der Grund gewesen, warum er nicht hatte kämpfen können. Das Wenigste, was er jetzt tun konnte, war, sich *nicht* zu setzen; und das war grauenhaft wenig.

»Ich dachte, höchstens 70 Franken am Tag«, sagte sie. »Als du geboren wurdest, hat es auch nur 200 Franken gekostet, alles zusammen.«

Ja, Mutter, was mache ich jetzt dann ohne dich.

»Weißt du Mutter«, sagte er leise, »im Kantonsspital hätte es nicht die Hälfte gekostet, dafür hättest du die bessere Pflege gehabt.«

»Das Kantonsspital!« rief die Mutter. »Geh mir weg damit! Ich weiß doch, wie es dort zugeht! Ich habe jahrelang dort gewacht! Nie ins Kantonsspital!«

»Vornehm geht die Welt zugrunde«, sagte der Sohn.
»Wenn mein Arzt nur hier operiert«, sagte die Mutter.
Er verschluckte seine Antwort; er wollte jetzt keine mehr wissen. An irgend etwas, einer winzigen Weigerung sollte erkennbar bleiben, daß er weit fort gewesen war; erkennbar wenigstens für ihn. Er betrachtete seine Mutter in ihrem Stuhl, mit dem kleinen Blumenkehricht neben ihr; ja, es war vollständig hoffnungslos, und ja, sie genoß es. Das lebenslängliche Jüngferchen im Kübelhut am Lac d'Annecy, die pflichtgemäß unter Schmerzen Gebärende, die fröstelnde Nachtschwester am Sterbebett, und jetzt diese Kranke hier – es war immer dasselbe hungrige, verständnislose und störrische Gesicht, das nur Dienst und Opfer kennen wollte. Es war, bis in diesen Leidensstuhl hinein, ein verwöhntes und naschhaftes Gesicht, Armut hin oder her. Für sie war der Widersinn dieses Zimmers eine Extravaganz, die letzte feine Art, sich am Leben zu hindern. Sie hatte recht behalten gegen das Leben, zur Strafe, daß es kein Leben gewesen war. Und sie brauchte sich nicht vorzuwerfen, sie habe sich keine Mühe gegeben! Er sah die Mutter ihre Spargroschen zwischen nie gebrauchter Wäsche vergraben, wo sich über die Jahre Geldnester gesammelt hatten, zwanzig- und fünfzigrappenweise Zurückbehaltenes, gegen Rabattmarken Eingelöstes, verkniffene Freuden in kleiner Währung, die man nicht nachzählte und an denen man sich immer noch nicht freuen konnte, sie hatten ja nur den Sinn, ausgegraben zu werden, wenn der Große Notfall da war. Und da einem die Freuden doch fehlten, kam er denn auch und fraß die paar Batzen im Umsehen auf. Und schon bei halber Gesundheit begann sie wieder zu sammeln, ihr erschundenes und erpflegtes

Notgeld zu sammeln, für das sie keine Verwendung wußte als eine neue mächtige Krankheit. Und jetzt hatte sie es hierher in dieses Staatszimmer gebracht, zwang ihn, stehend auf sie niederzublicken und ließ dabei – er täuschte sich nicht – einen armen Schimmer von Schalk spielen. Siehst du wohl? Hättest du das von mir gedacht? 170 Franken im Tag und keine Reserven? Das passiert doch nicht jedem? Dagegen helfen doch all deine Argumente nichts? Und er nickte, oder schüttelte den Kopf; es war die Erschütterung der Einsicht und jetzt, widerwillig genug, doch ein Fall für Tränen, darum öffnete er die Balkontür, trat einen Schritt ins Freie und ließ sich die Tränen von der Kühle wegstehlen. Der Garten war, zum Ende des Aprilsonntags, noch sonnenhell geworden.
Als er wieder ins Zimmer trat, fand er eine junge Schwester mit dem Arm der Mutter beschäftigt. Die Ellbeuge unter der blassen Haut war schwarz und gelb verfärbt; hier war also schon einmal gestochen worden, ohne daß er etwas davon gewußt hätte. Er sah ihr Blut ohne jeden Druck durch die fast flach steckende Nadel ins Gläschen übertreten, das die Schwester hielt, und dann noch in ein zweites, ohne daß ein Tropfen verlorenging. Der Vorgang erinnerte an die Sorgfalt und Säuberlichkeit alter Apotheken oder Gewürzkrämereien. »Ich gehe, Mutter«, sagte er, als er sie so ruhig sitzen und ihr Gesicht so erleichtert sah, wie zu Hause nie. Sie öffnete die Augen ganz und sagte: »Ich habe noch etwas für dich.« Die Schwester wartete mit rotem Kopf, vermutlich war sie vom Lande, bis das zweite Gläschen vollgelaufen war. Dann steckte sie es ins Gestell, nahm einen Wattebausch, drückte ihn auf die Nadel und zog sie darunter hervor. Die

Finger der Mutter beeilten sich, der Schwester den Druck auf die Watte abzunehmen. Hier kannte sie sich aus, hier machte sie alles richtig. »Danke, Schwester, danke«, sagte sie.

»Es wird schon alles gut gehen«, sagte der Sohn, als die Mutter fortfuhr, den Daumen auf ihren Wattebausch zu halten. Sie nickte, die Abläufe in einem Spital waren ihr vertraut. Vielleicht freute sie sich sogar ein wenig auf die Narkose; sie hatte ja noch nie eine gehabt. Jetzt zog ihr die Schwester die Watte weg und fast mit der gleichen Bewegung ein Pflästerchen über den Stich; die Mutter nahm den behandelten Arm an sich, als wäre er ein Geschenk.

»Schau«, sagte sie und räumte wieder ihr Täschchen um, bis sie den zweiten Umschlag gefunden hatte. »Lies das doch einmal durch, wenn du Zeit hast. Es ist nicht wichtig, ich habe nur etwas aufgeschrieben.«

Er steckte den Umschlag in seine Jackenbrust. »Ach was, Mutter«, sagte er. »Also bis morgen, du wirst sehen, man merkt überhaupt nichts davon, und nachher –«

»Ja, ja«, sagte die Mutter. »Aber fahr langsam, gelt, am Sonntagabend ist immer viel Verkehr.«

Er nickte, unter der Tür nickte er, da sie umständlich zu öffnen war, ein zweites Mal, auch zur Schwester hin. Die Mutter hatte bereits den Reißverschluß im Rücken geöffnet und griff sich unter das Kleid nach den Strumpfhaltern. Er erschrak, weil er beim Schließen der Tür mit einer der alten Damen zusammenstieß, die Arm in Arm immer noch durch den Gang schlichen. Puff und Entschuldigung nahmen sie hin, als müsse das so sein. Als er weiterlief, schnalzte eine seiner Hartgummisohlen auf dem Kunstboden, schien sich mit jedem Tritt etwas festzusaugen. Den Lift wartete er nicht ab, sprang die Treppen hinunter, als hätte er Eile; als er im Auto saß und den Druck des neuen Polsters an Rücken und Schenkeln fühlte, hatte er keine Eile mehr. Langsam und trotzig fuhr er in den Verkehr hinaus, der sofort kolonnenweise hinter ihm auflief, Scheinwerfer blitzen ließ; schließlich zog ein Wagen nach dem andern mit einem bösen Ruck links an ihm vorbei. Beim Parkplatz vor dem Zoologischen Garten hielt er an, sah einer Familie beim Einsteigen zu, mit Windrädchen, Tanten und zwei Kindern, die in kleine Plastiksitze festgeschnallt wurden; endlich saß die ganze Familie fest, eine Gestalt hinter der andern, und schien auf etwas zu warten. Er merkte lange nicht, daß sie warteten, bis er weiterfuhr, er versperrte ihnen die Ausfahrt. Jetzt mochte er nicht gleich wieder anhalten. Er steuerte auf einen Weg dem Zoogitter entlang, vielleicht war es kein Fahrweg, die Fußgänger wichen kaum zur Seite, es kamen immer mehr nach, die den Weg in Gruppen beanspruchten, schließlich war es noch ein schöner Abend geworden. Er dankte dauernd mit der Hand, lächelte dazu, gab zu verstehen, daß er natürlich nicht ohne Not in diesen Sonntagsweg eingedrungen wäre, irgendeine Amtspflicht erfüllte, vielleicht war er der Tierarzt, der einen für ihn bestimmten Hintereingang benützte, notfallmäßig, oder ein berechtigter Anwohner.

Aber es gab keine Häuser mehr, der Weg führte in den Wald, aus dem nun Gruppe um Gruppe in die dünne Sonne trat. Der Widerstand um seine Blechhaut wuchs, hie und da starrte ihm durch die Frontscheibe einer direkt ins Gesicht, gegen den Lächeln nichts half. Von weitem sah er eine Reitverbotstafel, da konnte er sich ausrechnen, wieviel weniger ein Auto hier zu suchen hatte. Daß es so neu war, schien die Leute eher zu reizen als zu besänftigen. Jetzt konnte jedermann sehen, daß es für diese Zwängerei kein ehrliches Ziel mehr gab. So ließ er den Wagen in das aufgeweichte Wiesenband hinausfahren, das den Weg vom Acker trennte und eigentlich selbst schon Acker war. Einmal mußte ja die Nacht kommen, wo er unbeachtet wegfahren konnte, oder die Polizei, in Gottes Namen, dann konnte er immer noch sagen, daß er krank war, sich aus dem Hindukusch hierher verirrt hatte. Sechs Monate in Asien, Sie glauben ja nicht, wie sich da die Gewohnheiten verändern, man weiß sich nicht mehr zu benehmen, wenn man kaum heimgekehrt mit einem dieser Schweizer Sonntage zusammenstößt, wenn man möglicherweise mit der Malaria kämpft, wenn man die Mutter wiedergesehen hat.

Die Leute blickten in sein Auto, einige faßten es sogar an oder pufften dagegen; die Unmöglichkeit seines Standorts nahm ihnen jede Scheu. Er atmete; dabei leistete der Brief auf seiner Brust einen leichten Widerstand. Die Versuchung war da, ihn herauszuziehen und sich mit Lesen zu beschäftigen, oder mit Lesen beschäftigt zu wirken. Das war früher in der Kindheit immer der Ausweg gewesen, wenn man nicht weiterwußte; so war man ein gescheites Kind geworden, an dem die Mutter Freude hatte. Was konnte in dem Brief stehen: die Mahnung, sich an dieses oder jenes Vorbild zu halten, seinen Weg grade zu gehen, nichts zu übertreiben, viel zu danken, manchmal zu beten. Er kannte die Wörter, die Mutter besaß und an denen sie sich festhalten mußte, um sich nicht dem Undenkbaren auszuliefern, den Begierden, dem Leben, dem Schmutz. Was hast du gehabt, Mutter. Nichts als deine großen Wörter zu verschwenden, und dann dich selbst. So wenig hast du dir gönnen dürfen, hie und da ein großes Unglück, das war alles.

Er legte, um besser zu atmen, den rechten Arm auf die Sitzlehne neben ihm. Die Leute hatten Gesichter, keins wie das andere; man brauchte sie nur anzusehen. Und wenn man es tat, gab es Leute, die wegsehen mußten. Die Straße war immer noch voll Spaziergänger, aber sie bedrohten ihn nicht mehr. Einer, der im Auto wartet. Der Arm auf der Lehne zeigte ja an, daß der Sitz neben dem Mann nicht leer zu sein brauchte.

Er mußte den Kopf über die linke Schulter zurücklegen, damit er in den Tiergarten hinübersah. Weit hinter den Leuten sah er ein paar große Vögel auf ihren Stengeln im fahlen Gras stehen, das sich erst gegen den Teich hin, wo kleinere Vögel schwammen, grün tönte; zu satt eigentlich, nachdem doch die Sonne schon untergegangen war. Und noch weiter weg, hinter den Strauchgittern, zeichnete sich eine Gruppe größerer Tiere ab, die gleich gerichtet standen und mit dicken Köpfen die Dämmerung erwarteten. Yaks, ein Stier mit zwei Kühen. Der Stier tat ein paar Schritte, die Zotteln seines Fellteppichs schleiften auf dem Boden nach. Der Mann im Wagen sah es nicht, aber er wußte es, er hatte sie ja im Hindukusch eben noch angefaßt. Der Stier drehte sich um, seine kleine Herde nahm die Bewegung auf und schob sich dem Stall zu, bis sie in seinem Dachschatten verschwand. Geht nur, sagte der Mann am Steuer. Geht ihr nach Hause. Er hatte seinen Kopf etwas lange auf die Schulter gedrückt; draußen mochten sie gedacht haben: der Mann ist nicht normal. Der Gedanke erfüllte ihn mit einem plötzlichen Beben der

Heiterkeit. Es war auch kühl geworden. Er drehte den Motor an und die Standlichter, kurvte rückwärts in einen Feldweg hinein, und dann vorwärts in das geleerte Sträßchen hinaus. Schon wieder im Verkehr, es war jetzt ein Frühlingsabend, setzte er ein paar Wörter für die Arbeit zusammen, die er über Wolkenbildung im Hindukusch schreiben wollte; die Wörter kamen leicht, und er wollte sie sich jetzt nicht verscheuchen lassen. Man mußte versuchen da zu sein. Er wollte jetzt keine Pflege mehr brauchen. Liebe Mutter, dachte er, ich werde deinen Brief nicht lesen. Du hast ihn ja nicht geschrieben, weil du Antwort erwartest, du hast ihn geschrieben, weil wir nicht reden können. Ich möchte noch einmal mit dir reden. Nicht über Hauptsachen, die wissen wir schon. Daß ich Angst habe um dich und du um mich. Fast so viel Angst umeinander wie Furcht voreinander; Furcht vor jedem nächsten Wort, das alles sagen will, und nichts sagen kann, was mit uns zu tun hat. In dieser Angst und Furcht haben wir gelebt und sind so zusammengehangen, daß mir ein Leben ohne dich Todesangst macht. Meine Todesangst, nicht deine eigene, schon abgeschriebene, habe ich in deinen Augen gesehen. Die Angst, ich könnte mir etwas antun, eine Erkältung, eine Liebesgeschichte, das *Letzte,* wenn du gehst, wenn du zu mir nicht mehr sehen kannst. Um dieses Zusehen auf alle Fälle zu sichern, hast du ja Gott so nötig und sein Leben nach dem Tod – ich glaube nicht, daß du mit deinem eigenen rechnest, da brauchst du einen, dem du mehr zutraust. Noch deine Krankheit hat mit mir zu tun, sie kommt von da, wo ich herkam; ich, das Geschenk, das du nicht umsonst gehabt haben willst, das um keinen Preis veruntreut werden soll. Daß ich da bin, hat mit dir zu tun, mit deiner unsichersten, am stärksten von Angst besetzten Stelle. Es hilft nichts, daß ich damit nichts zu tun haben möchte. Du willst nicht wissen, wie es kam, aber ich kam von dir. Und wie tief es dich auch geängstigt haben mag, es war dein Wunsch, daß es das Rechte war, daß ich etwas Rechtes werde. Daß du mit deinem Wunsch so ungeschickt gelebt hast, kommt davon, daß du die Menschen nicht kanntest, am wenigsten den Menschen, der du bist. Du hast angenommen, man könne von ihnen das Höchste fordern; vorsorglich hast du es von dir gefordert, und es ist keine Frage der Schuld, daß du und ich damit nicht fertig wurden. Das alles will ich dir nicht schreiben und kein Wort davon sagen. Es muß mir zu dir noch eine Überraschung einfallen, etwas Gewöhnliches, über das wir reden können, ohne uns zu streiten. Das hast du mir nicht beigebracht, aber du mußt darunter gelitten haben, daß du es nicht konntest; gelitten bis hierher. Mir fällt ein: du könntest in meinen Bewegungen und Meinungen die Ruhe suchen, die du nicht für mich übrig hattest; es wäre möglich, daß bloß diese Ruhe dir selbst mehr Ruhe geben könnte als jedes Gebet. Liebe Mutter, dies ist der letzte Brief, den ich dir schreibe. Morgen werde ich reden, vom Hindukusch anfangen, weil du nicht fürchten sollst, es sei mir da etwas ganz Unbekanntes und Unbesprechbares zugestoßen, nur weil es weiter weg ist. Vielleicht wirst du ja Mühe haben zu reden, dann erzähle ich etwas, zu Anfang, etwas aus Asien. Vielleicht begreifst du es, siehst, daß ich mir aus Dingen etwas mache, aus neuen, aber auch aus gewöhnlichen. Vielleicht erleichtert es dich, daß mir etwas, was du mir nicht geben konntest, »geschenkt« wird, daß ich Aussicht habe auf etwas, was dir wie eine Gnade vorkommen muß, das gute Leben von Tag zu Tag, ein tragfähiger Umgang mit Menschen und Sachen, die noch da sind, wenn du es nicht mehr bist. Dein Sohn und eine Ahnung von Lebenskunst: wenn das keine Überraschung ist. Liebe Mutter, morgen abend komme ich wieder, dann haben sie dich in dein schönes Zimmer zurückgebracht, dann wollen wir so reden, wie es sich ergibt.

Hans im Glück
oder
Eine Empfehlung an Ihre Majestät, die Königin Victoria

In memoriam A. Brehm
Dem kummervollen Entdecker des Tieres,
ohne den diese Geschichte nicht hätte
geschrieben werden können.

Darf ich Ew. Majestät voraus um Nachsicht bitten, wenn ich es an der Form, in der ich meinen *Hans* bei Hofe, zunächst brieflich, dann in Wirklichkeit vorzustellen aufgerufen bin, hie und da sollte fehlen lassen. Nicht nur bin ich ein einfacher geistlicher Mann, sondern lebe auch Tag und Nacht um die *Tier*heit herum, welche ich zwar, wie sich Ew. Majestät überzeugen werden, kräftiglich zu veredeln strebe, aber nicht ohne, durchaus gegen meinen Willen, etwas von ihrem *Brodem* anzunehmen. Ew. Majestät geruhen dieses gerade so *bildlich* zu nehmen, wie es Ew. Majestät am anständigsten ist; ich weiß bei Hofe nicht so Bescheid, kann darum, als *Mensch,* für mein eigenes Betragen nicht im selben hohen Grade gutstehen wie für dasjenige meines Gefangenen. Aber Ew. Majestät, die Dero Gnaden über einen *Mandrill* scheinen lassen will, wird sich wohl auch im Vorbeigehen seines *Wärters* erbarmen. Da ohnehin das Interesse für meinen *Hans* und mich in Dero Herzen ungleich verteilt sein wird, schweige ich von meiner Person und beeile mich, über *Hansen* das vielleicht Erwünschte mitzuteilen.

Ich beginne mit seiner *Art* als solcher, über welche sich dieses Geschöpf nach Charakter und Erziehung so unzweifelhaft erhebt. *Hansens* Kopf, insbesondere sein Schädel, ist unverhältnismäßig groß; die sehr kleinen Augen stehen nahe beisammen. Der Augenhöhlenrand erhebt sich *leistenartig.* Auf der *Nase* verläuft beiderseits eine anschwellbare gefurchte Längswulst. Das Gebiß ist wahrhaft *furchtbar.* Die folgenden Sätze bitte ich bei Bedarf zu überschlagen. Die Färbung der *nack-*

ten Teile ist nämlich im höchsten Grade grell und abstoßend. Hände und Ohren sind schwarz, die Nase und ihre Umgebung zinnoberrot, die Wangenwülste kornblumenblau, die Furchen in ihnen schwarz, das bewußte Säckchen und die benachbarte Leibesöffnung hochrot, die *Schwielen* rot und blau. Auch die Bekleidung hat ihr Absonderliches, und hier mögen Ew. Majestät unbedenklich weiterlesen. Der Pelz verlängert sich am Hinterkopf und Nacken etwas, so daß man von einer *Mähne* sprechen könnte. Jedes einzelne Haar ist schwarz und olivengrau geringelt, wodurch das Kleid auf der oberen Seite einen dunkelbraunen, olivengrün überflogenen *Lustre* erhält, welcher der *Schönheit* nicht entbehrt. An der Brust sehen die Haare gelblich, am Bauch weißlich, an den Seiten hellbräunlich aus. Der Kinnbart ist lebhaft zitronengelb, hinter den Ohren befindet sich ein graulich weißer Flecken. Alte Männchen erreichen eine Länge von drei Fuß bei zwei Fuß Schulterhöhe; der Schwanzstummel dagegen mißt kaum mehr als einen Zoll.

Ich wiederhole meine Bitte, diese Schilderung auf den Mandrill im Allgemeinen beziehen zu wollen und bitte zu beachten, daß ich die gröberen und speziellen Züge unberührt gelassen habe; sie werden Ew. Majestät Blicken bei der Audienz nach Wunsch entzogen sein. Allerdings kann ich nicht umhin, Ew. Majestät auf Flausen und Tücken vorzubereiten, die, seltsam genug, bei dieser Tierart gerade in gesitteter Gesellschaft aufzubrechen pflegen. Ew. Majestät können sich darauf verlassen, daß ich sie meinem *Hans* nicht nur verwiesen, sondern durch eigentliche Pön, mit Schlägen auf seine empfindlichen Teile sowie Beuge-Haft, auszutreiben gesucht habe. Aber, Ew. Majestät, es hilft alles

nichts; auch der Höchsten Person darf ich die Erinnerung nicht ersparen, daß unser Schöpfer dieses Wesen als *Tier* geschaffen hat, ja als besonders *unersättliches* Tier. Es ist von Natur vielleicht überhaupt das Tierischste, was wir kennen. In seiner zarten Jugend zwar ist der Mandrill ein *allerliebstes* Geschöpf, unter einer reichhaltigen Gesellschaft unserer Herren Vettern im Affenhaus der ausgeprägteste Komiker, zu lustigen und tollen Streichen jeder Art aufgelegt, mit unverwüstlicher, guter Laune begabt, und, ungeachtet seiner durch nichts zu erschütternden Unverschämtheit, noch nicht eigentlich *widerwärtig*, bewährt doch das Kindliche in jeder seiner Erscheinungsarten eine gewisse Unschuld. Zwar dient ihm jetzt schon sein Hinterteil, wenn ich so sagen darf, zum Dolmetsch seiner Gefühle; doch geschehen hierauf bezügliche Bewegungen noch mit einer so ausgeprägten Harmlosigkeit, daß man über der Komik das Unanständige vergißt.
Dies aber ändert sich beim Mandrill nur zu bald, weit früher als bei andern Pavianen. Schon nach wenigen Jahren zeigt er sich in seiner ganzen Scheußlichkeit. Zur Schilderung der letzteren fehlen die Worte. Sein Geschrei, sein Blick und seine Stimme kündigen eine vollkommen viehische Unverschämtheit an. Die schmutzigsten Gelüste befriedigt er auf die schamloseste Weise. Ja, es scheint, als ob die Natur, deren Wege wunderbar sind, in ihm ein Bild des Lasters mit all seiner Häßlichkeit habe aufstellen wollen. Alles Widerwärtige, welches uns der *Hamadryas* und andere Paviane bezeigen, erscheint dem Gebaren des Mandrills gegenüber maßvoll. Seine Leidenschaftlichkeit kennt keine Grenze. Ein wahrhaft dämonischer Glanz strahlt aus den Augen der Bestie; vollkommen im Einklange mit dieser Erregbar-

keit stehen die sittlichen Ausschreitungen, welche sich der Mandrill erlaubt.
Nochmals sei es gesagt: ich spreche, Ew. Majestät, vom Mandrill im Allgemeinen; ich spreche glücklicherweise noch nicht von meinem *Hans*. Es muß mir aber daran gelegen sein, Ew. Majestät den Abgrund ermessen zu lassen, über den ich meinen *Hans* ein Stück weit der *Menschheit* entgegenhob, um Ew. Majestät mit der allfälligen Geringfügigkeit des Erfolgs einigermaßen zu versöhnen. Ich weiß, daß Dero Augen nach dem Hinscheiden des verewigten Prinzen und Gemahls tränenleer geblieben sind; wie dürfte ich hoffen, durch die Stücklein meines *Hans* etwelche Erheiterung hineinzuzaubern in einem Fall, wo die Grenze zwischen Erheiterung und möglicher Ernüchterung, ja Entrüstung so unsicher zu verlaufen droht? Ich tue wohl gut daran, Ew. Majestät auf das *Ärgerliche* in der Natur meines *Hans* wenigstens so weit vorzubereiten, daß Hochdieselben sich durch das auch nur *Leidliche* seiner Führung desto mehr zur Nachsicht gestimmt finden. Möchte Ew. Majestät sich gegenwärtig bei der Versicherung beruhigen, daß nichts versäumt werden wird, die von der Natur zwar unbekleidet gelassenen, sonst aber leider! keineswegs vernachlässigten Partien am Körper meines Gefangenen zu *bedecken*. Sind wir doch über die gedankenlosen Zeiten hinaus, die am Tiere durchgehen ließen, was am Menschen anstößig erfunden worden, ja wohl gar, wie es im Boccaccio beschrieben ist, aus den Blößen der Kreatur Nahrung für ihr eigenes Gelüsten zogen. Der Effekt, ja oft schon der Anblick eines solchen Exzesses kann freilich auf ein beschwerliches Gemüt Wunder wirken; auch gerät der Mandrill, selbst ein so rein gehaltener wie mein *Hans*, in dieser traurigen

Hinsicht nicht leicht in Verlegenheit und würde sich, machte man ihm die Gelegenheit hiezu, kaum nehmen lassen, sich zu produzieren. Ja, mit einem Seufzer füge ich bei, daß auch auf meinen *Hans* in diesem Betracht kein völliger Verlaß, oder nur allzu sehr Verlaß ist, ich weiß gar nicht, wie ich mich vor Ew. Majestät schicklich ausdrücken soll. Und doch wäre die Schicklichkeit, sollte ein entsprechender Wunsch an mich ergehen, dessen bloße Andeutung mir schon Befehl wäre, meine geringste Sorge! Bedenkt man, was sich in den Zoologischen Gärten auch des Vereinigten Königreiches täglich vor *unschuldigen Kinderaugen*! abspielt, so möchten moralische Bedenken selbst an höchster Stelle zurücktreten, wenn es gelten sollte, dem Übel durch einen *diskreten* Augenschein auf den Grund zu kommen. Dem Reinen sei alles rein, sagt freilich die wohlfeile Spruchweisheit und vergißt dabei, oder *will vergessen*, daß über Rein und Unrein erst das *gereifteste Gefühl* zu entscheiden vermag, ja, daß das letzte Urteil in so delikaten Fragen recht eigentlich Personen *höchsten* Standes vorbehalten bleiben sollte. Ich sage nichts weiter, stelle einem *solchen Urteil* nur anheim, ob ich meinen *Hans* in Gesellschaft einer passenden äffischen Gefährtin bei Hofe einführen soll. Nur soviel hätte ich dazu zu erinnern, daß sich diese Maßregel vom Standpunkte der Wissenschaft dann empfiehlt, wenn Ew. Majestät an einer völligen Beruhigung des Gefangenen gelegen sein sollte, ohne daß Höchstdieselben vor dem natürlichsten Mittel zu diesem Zweck gerade die Augen zu verschließen wünschten. Es sind – wenn auch nicht gerade aus England – Beispiele bekannt, wo man an gefangenen Mandrillen nicht allein Zuneigung zu menschlichen Frauen (freilich nur solchen *einfacher* Geburt), sondern auch Eifersucht gegen deren rechtmäßige Liebhaber beobachtete. Sie werden *rasend,* wenn ein Mann solche Freundinnen vor ihnen liebkost oder zu liebkosen *vorgibt,* und tragen ihm ein so großes Verbrechen sicherlich lange Zeit nach. Im *Pflanzengarten* von Paris wurde diese Eifersucht einmal sehr geschickt benützt, um einen Mandrill, welcher aus seinem Käfig ausgebrochen war und viel Unheil anrichtete, wieder in das Gefängnis zu bringen. An der Rückseite des Käfigs befand sich eine kleine Tür: hinter diese mußte sich die Tochter eines der Wärter stellen, und zwar so, daß der Affe sie sehen konnte. Nun trat einer der Wärter zu dem Mädchen, *umarmte* es und *stellte sich so,* als ob er es *küssen* wollte. Dies war zu viel für den verliebten Mandrill! Er stürzte wie rasend auf den Mann los, gewiß in der besten Absicht, ihn zu zerreißen, mußte aber, um zu seinem Zwecke zu gelangen, notwendig in den Käfig hineingehn! Der eifersüchtige Affe sah sich eine Minute später hinter den eisernen Gittern!

Aber ich langweile Ew. Majestät. Ob sich Ew. Majestät von der Glaubwürdigkeit solcher Geschichten direkt zu überzeugen wünschen – die zugehörigen Anstalten lassen sich ja leicht treffen, sind etwa im Schloß des Marquis von Exeter mit großem Beifall getroffen worden –, oder ob sich Höchstdieselben an einer eher *bürgerlichen* Nummer wollen genügen lassen, genug! ich stehe dafür, daß jedenfalls für die *Sicherheit* Ew. Majestät immer weniger zu besorgen sein wird als für Dero Zerstreuung. Wenn die sittliche Führung meines *Hans* nicht auf sehr starke Proben gestellt wird – in welchem Fall ich selbstredend mit Käfig arbeiten würde –, bleibt sie unfehlbar erhalten. Ja, ich getraue mich zu beschwören, daß mein *Hans* in einer gewöhnlichen Teegesellschaft allenfalls durch seine artigen Manieren und eine sichere Hand auffallen würde. Durchaus läßt er sich den wohlerzogenen Kindern von Ew. Majestät Untertanen an die Seite stellen, die man bei Tische zwar *sehen*, aber nicht *hören* soll.

In Ew. Majestät Ländern spricht man ehrfürchtig davon, wie sehr Höchstdieselben, auch in den Jahren tiefer Zurückgezogenheit, noch den *sparsamsten* Augenschein regelmäßig durch *eigene Studien* zu ergänzen belieben. Um Ew. Majestät dabei eine geringe Handreichung zu geben, gestatte ich mir untertänigst, Höchstdieselben in das weitere Wesen des Geschöpfes einzuweihen, das bald die Ehre haben soll, vor Ew. Majestät zu stehen, und ihm seinen naturgeschichtlichen Platz anzuweisen. Möge, was mir als praktischem und geistlichem Manne dabei an reiner Wissenschaft abgeht, durch das Gewicht eigener Anschauung aus meiner Missionärs-Zeit einigermaßen aufgewogen werden.

Ohnehin bleibt auffallend genug, daß wir über das *Freileben* des seit so vielen Jahren als *Gefangenen* bekannten Affen nichts Sicheres wissen. Der Mandrill soll truppweise in gebirgigen Wäldern des östlichen Schwarz-Afrika, teils auf Felsen, teils auf Bäumen leben, seinen Aufenthalt aber nicht selten verlassen, um die naheliegende Ansiedlung zu besuchen und dort nach Herzenslust zu *plündern*. Man berichtet auch, daß Rotten dieser Tiere in die Dörfer einfallen und in Abwesenheit der Männer Frauen und Kinder *mißhandeln*. Die Eingeborenen sollen den Mandrill mehr fürchten als den *Löwen*, sich nirgends in einen Kampf mit ihm einlassen, ja nicht einmal die Waldungen betreten, in denen der Affe sich aufhält, es sei denn, daß die Männer in

großer Anzahl und mit guten Waffen versehen einen förmlichen *Kreuzzug* gegen ihre Feinde ausführen.
So wurden wir nach unserer Ankunft auf der Missions-Station beschieden, und wir sollten bald Gelegenheit erhalten, uns von der Wahrscheinlichkeit des argen Gerüchts zu überzeugen. *Isabella*, ein sehr starkes Weibchen, das wir bereits vollständig erwachsen geschenkt erhielten, weil es um seiner Bösartigkeit willen in der Faktorei nicht mehr geduldet werden durfte, fiel wütend Menschen jedes Geschlechtes, Alters und jeder Farbe an, die sich ihm näherten. Es dauerte lange, bis sie, durch zweckmäßige freundliche Behandlung beruhigt, wenigstens in uns *Europäern* keine Feinde mehr erblickte. Ihr Charakter aber war verdorben. Sie ließ sich alles Gute gefallen, war aber nicht erkenntlich dafür. Später stießen zwei Jung-Mandrille, *Pavy* und *Jack*, zu uns, deren Mütter wir auf einer Jagd-Expedition zur Strecke gebracht hatten, und es gelang uns, beiden Kindern das Leben zu retten und zu erhalten, freilich ohne daß *Isabella* daran den geringsten Anteil genommen hätte. So lange die Bestien klein waren, zeigten sie sich von ihrer gewinnenden Seite. So war mir ganz neu, daß sich Mandrille irgend welche leblosen Gegenstände zum Spielzeug erkoren und sie, wie Kinder ihre Puppen ins Bett, des Abends vorsorglich mit in ihre Schlafkästen nahmen und dort auch am Tage verwahrten. Sogar die unfreundliche *Isabella* ließ sich durch das Beispiel bewegen, kleine Besitztümer zu sammeln. *Jack* hielt längere Zeit eine kleine blanke Blechbüchse sehr wert, *Pavy* ein krummes Holzstückchen, das er unter den lustigsten Kapriolen durch Aufschlagen mit der Hand von der Erde in die Luft wirbeln machte. Einmal flog es zu weit, so daß *Jack* sich seiner

bemächtigte. Darob entstand zwischen beiden grimmige Feindschaft; da aber die langen Leinen beider so bemessen waren, daß sie nicht aneinander kommen konnten, blieb ihnen nichts übrig, als sich in nächster Nähe die wütendsten Grimassen zu schneiden und anzukeifen! Ew. Majestät ersehen daraus, daß wir die Tiere streng getrennt hielten, wenigstens nachdem sich mit den Jahren die bekannten Unarten der *Gattung* und des *Geschlechts* an ihnen bemerkbar machten. Wir glaubten dabei alle Maßregeln der Vorsicht beobachtet zu haben.

Aber mit der Unbändigkeit der tierischen Triebe, Ew. Majestät, ist »kein ew'ger Bund zu flechten«; das mußten wir bald zu unserem Kummer erfahren. Eines Nachts nämlich hatte *Jack* seine Leine durchgebissen und nicht nur seinen Ziehbruder buchstäblich in Stücke gerissen, sondern auch der hilflosen *Isabella* abgenötigt, was sie ihm, bei aller Zweideutigkeit ihres Charakters, in freier Wildbahn wohl niemals zugestanden hätte. Ehe das Amok laufende Tier sich auf unsere Station stürzen konnte, wozu es alle Anstalten traf, gelang es einem meiner Burschen, den das höllische Gekreisch aufgestört hatte, den Mandrill mit einer Kugel zur Vernunft zu bringen. Schreiend entkam das Tier in den Busch, wo wir es, der Blut-Spur folgend, bei Tageslicht ausmachten und mit einer zweiten, besser gezielten Kugel in den Kopf erlösten. Aber noch in ihren letzten Augenblicken schnitt die Bestie ein Gesicht, als ob sie uns allen das Herz aus der Brust reißen wollte!

Freilich hatte sie, wie sich nach einigen Wochen zeigte, ihr böses Werk bereits vollbracht. *Isabella* wurde guter Hoffnung und genas, als ihre Stunde gekommen war, eines Söhnchens, das wir ihr, sobald als tunlich, wegnahmen in der guten Absicht, ihm die äffischen Abwege zu ersparen und unser Menschenwerk an ihm zu versuchen. Dieses Affenkind aber, Ew. Majestät, ist kein Anderer als mein *Hans*! eben der Affe, den Höchstdieselben binnen kurzem begrüßen werden, um die Wirksamkeit unserer Anstalten mit strengem Auge zu prüfen. Möge diese, angesichts der Unregelmäßigkeit der Entstehung meines *Hans*, nicht zur Unmilde gegen denselben gestimmt werden, sind doch auch beim Menschen glänzende Beispiele bekannt, wo der Wert eines Charakters über den Unwert seiner Herkunft zu triumphieren verstand, etwa dasjenige des unvergessenen Lionardo da Vinci.

Wer beschreibt aber das Unglück *Isabellens*, als wir ihr das Kind wegnahmen! Sie benahm sich recht jämmerlich, fast möchte man sagen, daß sie menschliche Züge gewann, um dann desto entschiedener in ihre vorige Lethargie, unterbrochen von Anfällen der bekannten Bösartigkeit, zurückzusinken.

Nur einmal noch bäumten sich ihre Lebensgeister auf. Wir nahmen sie auf einen kleinen Küstenfahrer mit, was sie, in der Nähe des unendlichen Wassers, ungebührlich zu erregen schien. Sie wurde, für einige Tage wenigstens, ein Ausbund von Unrast und Tollheit und fand ein besonderes Vergnügen daran, aus dem in einem mit Sand gefüllten Kübel an Deck offen brennenden Kochfeuer Brände zu reißen und umherzuschleudern. Da sie die gefährliche Unart nicht ließ und wir, der Eingeborenen wegen, sehr viel Pulver an Bord hatten, wurde *Isabella* auf einen mit langer Leine nachgeschleppten Kahn verbannt und mit einer Kiste als Wohnung versehen. Dort behagte es ihr aber gar nicht, und sie hockte, sehnsüchtig zum Schiffe blickend, auf dem Buge des kleinen Fahrzeuges. Ihr Sinn stand nach Befreiung. Kaum war die Dunkelheit angebrochen und der Koch bereitete das Abendessen, so fiel der Kochtopf mit dem Wasser um, und die Feuerbrände flogen sprühend über Deck! *Isabella*, über und über naß, flüchtete ins Takelwerk und konnte in der Nacht nicht wieder entfernt werden. Am nächsten Morgen ward sie gefangen und abermals in den Kahn gebracht. Sie aber – das Schiff hatte nur geringe Fahrt – lief sogleich an dem zum Schleppen benutzten Tau auf uns zu, drückte es natürlich durch ihr Gewicht ins Wasser und schwamm nun wie ein Hund und ziemlich scharf ziehend bis zu dem über dem Stern aufwärts führenden anderen Ende. Ein zweites Mal sprang sie sofort ins Meer und mußte über zehn Minuten lang hinter uns herschwimmen, ehe der ergrimmte Eigner des Fahrzeuges sich bewegen ließ, das arme Tier vor dem Ertrinken zu retten. Der Affe war schon recht ermattet, als wir ihn erreichten, denn die Wellen gingen hoch und kurz. Aber die Lehre hatte gewirkt: fortan ertrug er seine Verbannung mit geziemender Würde!

Freilich war abzusehen, daß wir, einmal am Bestimmungsorte angelangt, keinerlei Verwendung für *Isabellen* haben würden, da uns unsere Geschäfte zu unbeschwerten und eilfertigen Ortswechseln zwangen. So schien es geraten, das Tier, ehe wir in *Sharpville* einliefen, vom Schiffe aus durch einige wohlgezielte Büchsenschüsse zu erlösen. Ew. Majestät kann versichert sein, daß die Mutter meines *Hans* nicht gelitten hat; ja, ihre Züge waren im Tode ruhiger und, wenn ich mich so ausdrücken darf, *gefaßter*, als wir sie im Leben gekannt hatten.

Doch zurück zu meinem *Hans*! Ew. Majestät sind unterrichtet, daß wir dieses ausgezeichnete Tier in einem Alter, da es noch nicht verdorben war, nach Britannien zurückbrachten, wo es einer so hingebungsvollen Pflege genoß, als ihm auf unserer *bescheidenen Pfarre* immer zu Teil werden konnte. Ew. Majestät sind über die Errungenschaften dieses merkwürdigen Wesens, das auch nach eingetretener Reife wenig von seiner Gutmütigkeit und Strebsamkeit einbüßte, durch Dero eigene Sendboten hinlänglich aufgeklärt; so darf ich mich auf einige allgemeine Anmerkungen beschränken, um auch dem nahen Augenschein Ew. Majestät nicht allzu viel wegzunehmen. Gewiß, *die geregelte Arbeit* ist es gewesen, welche diesen Affen zu dem gemacht hat, was er ist: zu dem ausgezeichnetsten Mitgliede seiner Art, zu einem Mandrill, wie es sicherlich bis jetzt noch wenige gegeben hat. Man muß dieses Tier im Käfig, hinter und auf der Bühne gesehen haben, man muß einer Unterhaltung zwischen ihm und meiner Gattin gelauscht haben, um zu fühlen, was *Erziehung* selbst bei einem so wilden und scheinbar unverbesserlichen Wesen zu leisten vermag. Und dieses kommt nicht von ungefähr. Auch die zahlreichen Schoßhunde der Vorzeit, wenn ich mir eine kurze Abschweifung erlauben darf, treten ja in ihrer Faulheit und ständigen Überreizung als die elendesten *Zerrbilder* des Hundecharakters auf, während im Gegenteil diejenigen, welche man beschäftigte und zur Arbeit anhielt, das Hundegeschlecht würdig vertreten. Denselben Fall haben wir auch hier bei einem der wildesten und rohesten Affen. Auch seine niederen, rein tierischen Triebe und die sein eigenes Sein *untergrabenden* Gelüste fingen an zu schweigen oder wurden gar nicht erregt, als der Mensch ihn aus jener Sphäre, die das Tier zu seinem Untergange geführt haben würde, durch Lehre und Liebe zu Leistungen *emporzog*, welche den ersten Funken einer *Geistestätigkeit* in ihm erweckten. Dieses Mittel entspricht der wahren Bedeutung und der eigentlichen Würde des organischen Lebens, welche nur auf einer *unablässigen Veredelung* beruht.

So sahen wir uns denn auch in der Lage, meinem *Hans* diese oder jene kleine Vergünstigung zu erlauben, um ihn vor dem Rückfall in niedrigere Bedürfnisse desto gewisser zu bewahren. Mein *Hans* lernte unter anderem Branntwein trinken und Tabak rauchen. Ersteres tat er sehr gern, zu dem Letzteren mußte er durch das Versprechen gebracht werden, Branntwein und Wasser zu erhalten. In seinem Käfig stand ein kleiner Armstuhl, auf den er sich, wenn es ihm befohlen wurde, würdig setzte und fernere Befehle erwartete. Hatte ich die Tabakspfeife angezündet und sie ihm gereicht, so betrachtete er sie genau und befühlte sie wohl auch, bevor er sie in das Maul steckte, um sich zu überzeugen, ob sie auch wirklich brenne. – Da ich wohl weiß, wie empfindlich Ew. Majestät über solche Ablenkungen des Bildungstriebs denken, muß ich hier um gefälligste Direktiven bitten, ob diese der gemeineren Lebensart abgelauschten Stücklein in die Vorstellung bei Hofe eingeschlossen werden sollen; wo nicht, muß ich allerdings besorgen, daß die Produktionen meines *Hans* dann allzu wenig spektakulär ausfallen möchten.

Vielleicht darf ich die Gefühle Ew. Majestät abschließend durch den Hinweis versöhnen, daß mein *Hans* die Stunde, die er im Angesicht Ihrer Hoheit zubringen darf und die ihn so recht zu einem *Hans im Glück* zu machen verspricht, nicht überleben soll. So teuer mir der liebe Gefangene ist, so schwer belastet doch sein Unterhalt, seine umständliche Pflege, Verköstigung etc. meine Ökonomie, von deren schwachen Möglichkeiten sich Ew. Majestät leicht ein Bild machen können. Mein *Hans* hat mit diesem Auftritt vor Dero Augen seine *höchste Bestimmung* erfüllt; ich wüßte ihm danach keine höhere zu geben und ziehe es vor, ihn durch einen freundlichen Tod in die Hände des Schöpfers zurückzulegen, der mir diese tierische Seele zur Verbesserung und Erhebung anvertraut hat. Ich kannte meine Pflicht; es wäre vermessen von mir, jetzt nicht auch ihre Grenzen zu erkennen, die, wenn kein Wunder geschieht, mit den Grenzen meiner irdischen Mittel zusammenfallen. Der Abschied von meinem Gefangenen wird mir durch die bestimmte Aussicht erleichtert, daß mein *Hans* nach seinem Hinschied, wie mit dem Ober-Custos von Ew. Majestät Sammlungen ausgemacht ist, das britische Museum zieren soll. Die entsprechenden Konservierungs-Arbeiten lassen sich naturgemäß leichter an einem Tiere durchführen, dessen Körperliches noch intakt, dessen Fellbekleidung noch üppig und vollständig ist.

Aber zuvor sollen Ew. Majestät ihn noch im Fleische sehen, so lebendig und lustig, wie es sich mit Dero Grundsätzen, Dero mir heiligen Trauer, Dero mir nicht minder heiligen Zerstreuungsbedürfnissen immer verträgt. Ergebenst gewärtige ich Dero Wink, welchen Rahmen Ew. Majestät für die Audienz in Aussicht nehmen und zeichne in persönlicher Ergebenheit ersterbend als Dero geringer Diener

submissest
Hainsworth, Rev.

Entfernte Bekannte

Eine Weile lag ich allein im Zimmer. Meine Sachen hatte ich noch nicht ausgepackt. Sie lehnten am Bettende, ein Koffer, ein Plastiksack voll Kleider. Ich musterte Ihre Sachen; sie standen ordentlich, aber beengt herum, als hätte sie jemand in Eile zusammengeschoben, ohne Gefühl für ihren gewohnten Platz. Auch das gelbe Stück Boden, auf das die Schwester mein Bett gerollt hatte, war mir wie eine Bresche vorgekommen; als hätte hier Leere eingeschlagen in eine gebrechliche, aber fühlbare Ordnung. Diese Stelle füllte ich nun aus. – Auf dem Tisch in der Ecke beim Fenster sah ich einen Stoß Zeitungen und Magazine, eine Thermosflasche, Bölls »Gruppenbild mit Dame«, einen Karton Bierfläschchen, eine Tüte voll Äpfel, eine aufgerissene Zigarettenpackung, keine Blumen. Über dem Stuhl hing Ihre Jacke, dunkelrosa mit einem Waffelmuster. Auf dem Nachttisch zwischen den Betten stand ein Kassettengerät, ein Telefon ohne Wählscheibe, eine Reihe Schälchen mit bunten Pillen, ein Becken voll Ampullen; die Spritzen, die dazugehörten, waren mit Gaze zugedeckt. Auf dem grünen Plastikpolsterstuhl in der Fensterecke hing Ihr Morgenrock. Ihre Bettdecke, über die ich zum Fenster hinaussah, war locker ausgebreitet. Das Zimmer lag ebenerdig; draußen ein Stück Park, das an neureiche Vorgärten erinnerte: ein Sumach, ein Büschel Pampasgras, einige Lärchen, Findlinge und ein ausgetrockneter Kunstbach. Die fremden Gewächse waren entlaubt, durchsichtig auf einen nahen Himmel ohne Helligkeit. – In den Katheterschlauch an meinem Arm war während des Trans-

ports etwas Blut ausgetreten. Ich versuchte, keine Angst zu haben.
Dann hörte ich einen Laut. Er glich einem Räuspern und ging in etwas wie Worte über, halblautes Schimpfen, unverständlich, abgewendet. Ich beobachtete die Decke im andern Bett. Sie hob und senkte sich. Später versuchte ich, im gleichen Rhythmus zu atmen, aber die Decke bewegte sich mit Unregelmäßigkeiten, auf die ich nicht vorbereitet war. Manchmal schien sie wieder ganz still. Im Korridor hatte mir die Schwester gesagt, daß Sie gutmütig, nur manchmal etwas schroff seien. Ich konnte mir nicht vorstellen, wie unter dieser Decke Platz sein sollte für einen Menschen.
Die Schwester brachte mir einen beweglichen Ständer für die Infusionsflasche. Jetzt konnte ich aufstehen und meine Sachen einräumen. Ich dachte daran, daß Sie sich gefreut haben könnten, ein Einzelzimmer zu belegen, und daß das nun vorbei war. Ich nahm mir vor, wenig Platz einzunehmen und öfters im Korridor auf- und abzugehen, auch wenn ich durch das Spitalhemd geniert war und wegen des Katheters nicht richtig in den Morgenrock schlüpfen konnte. Ich mußte so bald wie möglich *hüpfen*; ein Nierenstein ist nicht gefährlich, nur schmerzhaft, der Patient kann durch Hüpfen beim Abgang des Steins mitwirken. – Der Schrank faßte meine Sachen nicht, ich mußte Bücher und Papiere auf meinen Nachttisch auslagern. Beim Bücken und beim Tanz mit dem Flaschengalgen, der sich nicht recht steuern ließ, spürte ich ein Kratzen unter dem Schlüsselbein, aber so hoch oben konnte der Katheter doch wohl nicht sein. Die kleine Blutsäule im Schlauch war weiter gediehen.
Als ich mich wieder hinlegen wollte, die Flasche von

einem Haken an den andern hängte, saßen Sie auf dem Rand Ihres Bettes, mit dem Rücken zu mir. Sie waren angezogen, trugen ein helles Hemd und die zur Jacke am Stuhl passende Hose. Sie waren unter Mittelgröße, das Haar trugen Sie nach hinten spitz zusammengekämmt. Ich sah, daß Sie zu den Menschen gehören, mit denen ich sonst kaum zusammenkomme. – Sie drehten den Kopf leicht in meine Richtung, ich sah Ihr Auge im Augenwinkel; da blieb es lange. Ich rückte meinen Kopf im Kissen zurecht, sagte guten Tag und nannte meinen Namen. Da erst drehten Sie sich ganz um, als seien Sie bisher nicht sicher gewesen, ob jemand da war. Sie rutschten vom Bett, legten die Hände auf den Bettrand und nahmen sie wieder weg. Sie blinzelten in meine Richtung; dann gingen Sie ein paar Schritte weiter, blieben am Bettrand stehen, schauten die Sachen auf Ihrem Tisch an und sagten: »Entschuldigen Sie, ich habe da geschlafen.« Als Sie »da« sagten, spürte ich Schmerz innen in der Schulter, und dann nannten Sie Ihren Namen, den ich schon, als die Schwester mein Bett unter der Tür hatte wenden müssen, auf dem schiefen Streifen im Metallrahmen gelesen hatte; die Schwester hatte nur von »Ihrem Nachbarn« gesprochen. Sie redeten deutlich und bedächtig, Ihre Sprache wirkte älter als Sie, dabei waren Sie, auch das wußte ich von der Schwester, erst zweiundzwanzig Jahre alt. Aber vor Ihrem Tisch, auf dem Sie ohne sichtbaren Zweck das eine oder andere zurechtrückten, standen Sie wie ein älterer Mann, und ich verstand, daß ich mich nicht mit meiner Krankheit vorzustellen brauchte, weil Sie zu Ihrer eigenen nichts mehr sagen mochten. – Sie hatten einen eigensinnigen Ausdruck im Gesicht, der sich nicht verlor, als Sie, die Zeitung nahe vor Ihre

Augen und schräg gegen das Fenster haltend, zu lesen begannen. Das Lesen fiel Ihnen nicht mehr leicht, das beschämte mich.

Am Abend erlebte ich, daß Sie schroff sein konnten. Sie setzten der Schwester auseinander, daß die Blutentnahme am nächsten Morgen unsinnig wäre und keine schlüssigen Resultate verspräche. Es war deutlich, Sie verstanden etwas von Ihrer Krankheit und hatten keine Geduld mit Maßnahmen, die nicht wirklich gezielt, höchstens gut gemeint waren. – Am Abend besuchte uns der Arzt; wir hatten vorher nicht viel gesprochen. Sie hatten nie zu reden angefangen; wenn ich es tat, bekam ich meine Antworten mit so viel Sorgfalt, daß ich Sie zu ermüden fürchtete; die Gedanken bekamen in Ihrer schweren Stimme etwas Körperliches. – Der Arzt gab Ihnen, was die Blutenentnahme betraf, recht und beriet andere Maßnahmen, denen Sie von Fall zu Fall und nie ohne Pause zustimmten. Dabei saßen Sie auf dem Bettrand, ohne Ihren Partner anzusehen. Ich gewann den Eindruck, daß die Möglichkeiten dessen, was man für Sie tun konnte, fest umrissen und oft besprochen waren. Um so gewissenhafter wählten Sie darunter aus. Recht haben wollten Sie nicht, aber am Ende war es Ihr Leiden. – Mit mir konnte der Arzt, nachdem er mit ein paar Strichen mein Befinden skizziert, Freiheit vom Katheter versprochen hatte, auch über anderes reden. Ein Theaterstück beschäftigte ihn gerade, meine Ansicht interessierte ihn, einmal blätterte er ein Buch auf meinem Nachttisch auf. Dann kam das frühe Spitalnachtessen, und er sagte, daß er uns nicht mehr stören wolle.

Später an diesem langen Abend ging ich, mein Gestell führend, im Korridor auf und ab. Plötzlich erschienen

Sie weit weg unter der Tür und winkten. Ich erschrak, aber es war nur ein Telefonanruf, für mich. – Ich erzählte jemandem mein Befinden, und Sie verließen das Zimmer, im Straßenanzug. – Etwas später wollte ich Sie zurückholen, das war nicht leicht, Sie schienen nicht gut zu hören. Es sei Ihnen wohl hier draußen, sagten Sie dann mit Nachdruck. Ich war schon fast wieder im Zimmer, da hörte ich Sie draußen ferner sagen, Sie machten sich immer ganz gern noch ein wenig Bewegung. Sie konnten nicht damit rechnen, daß ich es noch hörte, ich verstand es zuerst auch nicht, und Sie wiederholten es. Sie standen da in diesem langen gelben, schon nächtlichen Korridor; dann ging ich ins Zimmer zurück, drückte die Tür zu, und der Gedanke verfolgte mich, daß Sie jetzt vielleicht weiterredeten.

Gegen acht Uhr fand ich Sie im Tagesraum. Sie spielten Karten mit drei alten Männern. Einer hatte ebenfalls ein Tropfgestell neben sich stehen, ein anderer, in meinem Alter, war nur noch Haut und Bein. Ich sah, nach einem Gruß durch den starken Rauch, die Tagesschau, die sehr laut eingestellt war. Ich hätte gern leiser gedreht, aber die Männer hörten zu, während sie spielten. Später kamen noch weitere Patienten, alles Männer, und starrten auf die Werbespots, die uns allerlei Frisches und Blendendes vorspielten, bis die Unterhaltungssendung anfing. Die Kartenspieler schlossen noch eine Partie ab, bevor sie sich zum Bildschirm umdrehten; Sie veränderten Ihre Haltung nicht, auch ohne Karten saßen Sie gebückt. Einmal erzählten Sie, während der Showman im Kasten sang, von der Ausbeutung eines kleinen schottischen Mädchens durch die Unterhaltungsindustrie. Sie führten Ihre Bemerkung zu Ende, auch als der Showman wieder zu plaudern angefangen hatte. Zwei Männer nickten, einer sagte: Ja, ja; hier hatten Sie also Freunde. – Ich hatte das Gefühl, die Gruppe mit meiner Konzentration auf die Tagesschau befremdet zu haben; so wartete ich noch zwei Nummern des Unterhaltungsabends ab, bevor ich mich ins Zimmer zurückzog. – Einen Brief schreiben konnte ich nicht, der Tisch war Ihr Tisch; ich kletterte unter meinem Schlauch hindurch ins Bett und begann zu lesen. – Nach zehn Uhr kamen Sie; ich zeigte Ihnen, daß Sie nicht zu reden brauchten, nur weil wir zu zweit allein waren. Sie kleideten sich aus, zogen einen Pyjama mit hellblauen Shorts an und putzten sich die Zähne. Auf dem Weg ins Bett sagten Sie, Sie hofften, daß Sie nicht schnarchten, und ich entschuldigte mich für den Fall, daß ich ein paarmal aufstehen müßte. Dann sprachen Sie davon, unvermittelt, daß Sie auf eine Transplantation warteten, es müsse noch das passende Organ für Sie gefunden werden. Wenn der Arzt meine, man solle eine Transplantation versuchen, dann hätten Sie eben Vertrauen zu dieser Ansicht; es sei das Vernünftigste, was Sie tun könnten, Vertrauen zu dieser Ansicht zu haben. – Die Krankheit war nicht Ihr Thema; Sie fingen davon an, damit es abgetan sei zwischen uns, Sie wollten nicht, daß ich mich damit beschäftigte, nur weil Sie nicht davon sprachen. Vor dem Lichterlöschen sagten Sie noch, ich solle doch den Tisch benützen, Sie seien ja selten hier, morgen zum Beispiel seien Sie in der Dialyse. Ich sagte, morgen sei ich in der Gymnastik, ich müsse ja hüpfen, sobald der Katheter entfernt sei, müsse ich hüpfen. Nierensteine seien etwas Unangenehmes, sagten Sie, davon hätten Sie gehört, und auch ein Katheter sei etwas Unangenehmes.

In der Nacht erwachte ich von der geträumten Angst, daß das in meinen Arm zurückgeflossene Blut einen Blutpfropf bilde, der im Begriff sei, sich zu lösen und gegen das Herz zu treiben. Sie atmeten laut, es war ein heftiges, klagendes Geräusch, Sie schlürften die Luft wie ein Durstiger Wasser. Ich lag kalt vor Angst und schuldbewußtem Widerstand. Dann klammerte ich mich an eine Geschichte aus einem Pfadfinderlager vor Jahrzehnten, als mein Jugendfreund über einen Fels gestürzt und mit verbundenem Kopf zurückgekommen war, um im Zelt zu übernachten. Du schliefst neben mir, den Atem gegen mein Ohr, und als der Atem tiefer wurde, begann er in deinem Kopf einen Widerstand locker zu machen, einen Blutrest, dachte ich, und bei jedem Zug mitzuschleifen, ein Geräusch wie eine abscheuliche Einflüsterung, von der mich keine zwanzig Zentimeter trennten. Ich sagte mir, daß du mein bester Freund warst, daß du mehr durchgemacht hattest als ich, daß ich mich freuen sollte über dein Leben, über deinen Schlaf. Aber das half nichts, ich mußte dich anstoßen, dann wegdrücken, drehen, du schluchztest ohne zu erwachen, dann hast du endlich von mir weggeatmet, und ich fand meinen eigenen Schlaf. – Dies also war Ihre Sprache, die Sie mir bei Tag verschwiegen hatten. Wieder versuchte ich, mit Ihnen zusammen zu atmen. Dabei beschlich mich etwas wie Ruhe, beinahe Zustimmung mit dem Unbeherrschbaren in Ihrem Körper, sie wurde stärker als der Verdacht in meinem Arm, ich empfand es wie ein Glück, daß ich älter geworden war, und als ich das nächste Mal erwachte beim Gedanken, daß meine Flasche am Haken leer sein könnte, Luft in meine Ader nachdrücke, horchte ich auf Sie und konnte wieder einschlafen.

Am Morgen sah ich Ihnen zu, wie Sie sich eine Spritze in den Oberschenkel drückten, mit einer Ruhe, als gehöre das gelbe Fleisch nicht mehr Ihnen. Die Schwester takelte meinen Arm ab, riß mit kurzem Ruck ein Pflaster um das andere von der Haut; dann spürte ich, wie es in meiner Vene zu ziehen begann, der Katheter kroch ab, reißen dürfe er nicht, sagte die Schwester, erzählte von einem Fall, wo ein Ende steckengeblieben sei, mit schwerwiegenden Folgen. Erst als sie »so!« sagte, drehte ich den Kopf zurück und erschrak; der Katheter, eine Art Darmsaite mit schwachen Blutspuren, war so lang wie befürchtet, die Herznähe war keine Einbildung gewesen. Ich erschrak, weil meine Ängste im Spital immer das Richtige zu treffen schienen. – Sie saßen in Ihrer Ecke und drückten die Tasse an den Mund, nein, Sie drückten das Gesicht gegen die Tasse, so war es. Ihre »Werte« waren heute schlecht, das hatte ich gehört und nahm es Ihnen übel, weil ich Angst um mich hatte. – Jetzt konnte ich mit dem Arm wieder in den Ärmel schlüpfen, ging zum Kiosk hinüber, kaufte zwei Zeitungen, zwei Stück Kuchen. – Die Zeitung nahmen Sie erstaunt, den Kuchen konnten Sie nicht nehmen, Sie hätten seit Ihrem siebenten Monat Zucker. Ich dachte über diese Zahl nach, räumte beide Stück Kuchen in den Schrank weg und vergaß sie. Bei meiner Entlassung waren sie ungenießbar, aber ich nahm sie mit und warf sie zu Hause weg.
Als ich von einem Korridorspaziergang zurückkam, fand ich Kleingeld auf dem Nachttisch, neben der sorgsam gefalteten Zeitung. Sie waren schon in der Dialyse, ich hatte die nächsten Stunden für mich und das leergewordene Zimmer auch, denn Ihr Bett war mitgegangen, nur Ihr Anzug hing noch über dem Plastikstuhl. Das

Fenster stand offen, ließ Novemberluft herein, es blieb lange frisch im Zimmer. Ich erledigte meine Telefonate. Ich hoffte, so würde es nicht mehr oft läuten, wenn Sie zurück waren, denn Sie hatten noch keinen Anruf bekommen, auch keinen Besuch. Wenn ich telefonierte, verließen Sie das Zimmer, und ich wußte nicht, wie ich Sie daran hindern konnte.

Mit mir gelacht haben Sie nie. Auf leichtherzige Sätze antworteten Sie mit einem Laut, der klang wie: Ja, so geht es! – Zwei-, dreimal habe ich Sie in Ihrer Jaßrunde mitlachen gehört, verspätet; wenn Sie Bedenken äußerten, schienen Sie eher in Ihrem Element. Die Bedenken betrafen Einrichtungsfragen der Gesellschaft, einen Mißstand im Flugwesen, Vorzüge und Nachteile einer Therapie. – Abwägen schien eine Denkbewegung, die Ihnen lag; das Wort »anderseits« habe ich mehrmals von Ihnen gehört.

Am Nachmittag, als Sie wieder da waren, bekam ich Besuch; es waren drei Besucher auf einmal; Sie wollten gehen, es gab ja nicht genug Stühle in unserem Zimmer. Aber ich bestand darauf, mich draußen zu unterhalten; manchmal war eine freie Sitzecke in einem der Korridore zu finden. Als ich nach zwei Stunden zurückkam, so lange hatte ich Sie vergessen, waren Sie fort, dieses knappe Zimmer schien auf einmal zu viel für uns beide, es wurde fast zum überflüssigen Raum. Die Blumen, die meine Besucher gebracht hatten, waren nicht ausgepackt worden. Ich stellte sie im Glas auf den Schrank, den einzigen freien Platz; da sah man nur ihre Köpfe. Ich hoffte, ich hatte niemandem für seine Blumen zu danken vergessen. Ihnen stellte ich keine Blumen auf den Tisch.

Später sah ich die künstliche Fistel in Ihrem Arm.

Am Freitagmorgen bekamen Sie einen Telefonanruf. Ich hatte abgenommen, aus Gewohnheit; ich konnte Sie unter der Tür noch zurückrufen. Es war eine Männerstimme, also verließ ich den Raum nicht, nicht gleich; vielleicht würden Sie es dann ein andermal meinetwegen auch nicht mehr tun. – Sie nahmen den Hörer, als wäre er nicht geheuer, legten ihn von einer Hand in die andere, bevor Sie ihn zum Ohr führten; später hielten Sie ihn einmal gegen das linke, einmal gegen das rechte Ohr. Sie sprachen in die Muschel, ohne zu nicken oder sich umzudrehen. Aus Ihren Worten schloß ich, daß es darum ging, den Anrufer in der Stadt zu treffen, und daß das Schwierigkeiten machte; Sie kannten das Lokal nicht, in dem er sich mit Ihnen verabreden wollte. Es war ein bekanntes Café, alle jungen Leute kennen es, selbst Touristen; Sie hörten zum ersten Mal davon. – Ich rief Sie beim Namen und erklärte, ich würde Ihnen den Weg beschreiben. Sie wandten Ihr Gesicht nach mir um, sagten: »Einen Moment, bitte!« in den Hörer und ließen ihn sinken, während es darin weiterredete. Ich wiederholte mein Angebot und ging zur Tür. Dort hörte ich Sie sagen: »Bist du noch da?« und: »Der Herr Doktor will es mir erklären, wo das ist.« – Daß ich Besuch bekam, Blumen und Anrufe, nicht jaßte, nur die Tagesschau sah, hatte bewirkt, daß Sie mich mit einem Titel anredeten. Ich stand vor der Tür im Korridor, jetzt wäre ich gern hüpfen gegangen, aber ich glaubte nicht mehr daran, daß es ein Stein war. – Ich konnte nicht über das Buch von Böll mit Ihnen reden.

Am Nachmittag zeichnete ich Ihnen die Lage des Cafés auf ein Blatt meines Schreibblocks, mit den Tramverbindungen. Dabei erfuhr ich, daß Sie in einem Altersheim gearbeitet hatten, arbeiteten, und daß Sie nicht fanden, es sei eine strenge Arbeit gewesen. Ihre Familie lebte im benachbarten Badischen. Einige Geschwister auch, die meisten älter als Sie. Ihren Vater hätten Sie länger nicht mehr gesehen, es sei auch ziemlich weit nach hier. Sie arbeiteten schon vier Jahre in dieser Stadt, daher sprächen Sie praktisch unseren Dialekt. Es wäre auch nicht gut, wenn man sich immer sähe. Von einer Mutter sagten Sie nichts. Jenes bekannte Café kannten Sie zufällig nicht, betonten aber, daß Sie schon mehrfach im Zentrum gewesen seien. – Von unserem Arzt hörte ich, als Sie nicht im Zimmer waren, daß er bei einem Vortrag im Altersheim, den er über Beschwerden, auch ernst zu nehmende, gehalten hatte, von einer Insassin auf Sie aufmerksam gemacht worden sei. Der Koch klage manchmal über Erscheinungen, wie der Arzt sie beschrieben habe, sonst sei er ein sehr aufmerksamer und anstelliger Junge, etwas rechthaberisch manchmal. Auf diese Weise waren Sie zu einem Arzt gekommen. Auf Befragen hätten Sie geäußert, Sie hätten es schon gewußt, aber Sie wollten noch einige Zeit nicht immer daran denken. – Mir teilte der Arzt an diesem Freitag mit, ich könne übers Wochenende nach Hause gehen, wenn ich wolle, Medikamente gebe er mir mit und seine Telefonnummer.

Nach dem Nachtessen fand ich Sie im Korridor unter einem dieser gelben Lichter stehen. Sie studierten den Plan, den ich Ihnen gezeichnet hatte. Ich hätte auch Urlaub bekommen, sagte ich, da sei es am einfachsten, wenn ich Sie in jenes Café mitnähme, es liege am Weg, und ich hätte meinen Wagen da. Sie wandten ein, das sei sehr gütig, aber Sie müßten erst nach Hause, etwas holen, sich umziehen. Ich bot an, Sie erst nach Hause und von da ins Café zu fahren; das sei aber ein Umweg, meinten Sie, und ich antwortete, ich hätte Zeit, worauf Sie mehrmals nickten.

Als wir nebeneinander in meinem Wagen saßen, schienen Sie mir ungewohnt klein im Polster, später fiel mir das Wort »ergeben« ein, es war nicht das richtige Wort. Ich unterdrückte das Bedürfnis, Ihnen die Orte und Plätze zu erläutern, an denen wir vorbeifuhren. Sie hatten die Hände im Schoß zusammengelegt, geschwollene Hände. Ich war froh, als Sie sagten: »Hier wäre es, nur einen Moment.« – Oben auf einer Hügelwelle stand das Altersheim, das sie »zu Hause« nannten. Der Wind drückte gegen den stillstehenden Wagen, ich sah Sie den Mantel schließen und vorgebeugt, zu schnell wohl, die Wegkehren hinaufstapfen. Ich wollte Sie nicht verschwinden sehen und drehte den Kopf auf die andere Seite. Im Garten links ein Bestand dürrer Goldruten; mein Blick verschwamm im starren, ungleichmäßigen Hin und Her, mit dem die Stauden dem Wind begegneten. Das Grundstück war nicht aufgeräumt, Hortensien und Himbeeren dorrten unbeschnitten der Kälte entgegen. Dahlienreste bräunten da, wo sie, noch erkennbar, geblüht hatten, der Eigentümer hatte nicht daran gedacht, die Knollen auszugraben für ein anderes Jahr. Weit hinten, von Tannengrün halb verborgen, stand das Haus, ein grau verwittertes Klötzchen mit spitzem Dach. Die Läden waren frisch blau gestrichen, auch das Gartentor leuchtete von diesem Blau. Kälte schlich gegen die Füße.

Ich stellte das Radio an, ein lehrhaftes Gerede über Maßnahmen, empfohlene Zurückhaltung, antizyklisches Verhalten, die Krankheit, oder was es war, summte mit. – Dann krochen Sie herein, atmeten laut, hatten ein Päckchen in der Hand. Ich solle doch den

Vortrag nicht abstellen, sagten Sie, wenn es mich interessiere. Wir fuhren zu jenem Café, das jeder in dieser Stadt kennt. Wir sprachen von Ihrem Kollegen, von der Möglichkeit, Kollegen zu haben im Altersheim. Das Haus war für die Bedürfnisse älterer Leute eingerichtet, immerhin, ab und zu gab es einen Vortrag, nicht nur über Gesundheit, auch über Lachmöwen und das Reich der Inkas, manchmal auch einen Liederabend, Schubert. Streng war der Dienst eigentlich nicht, man mußte nur ein wenig *denken.* Die alten Leute mußten ja, sagten Sie, diätetisch leben. Man mußte fast immer daneben stehen. Außerdem sei es gut, daß weitere Kreise die Probleme älterer Leute ernst zu nehmen anfingen und einiges unternähmen, ihnen ein ganzes und nicht so verkümmertes Leben zu ermöglichen. Anderseits hätten es die älteren Leute nicht mehr so leicht, von diesem Angebot Gebrauch zu machen. Daher gehöre vielleicht etwas Psychologie dazu, wenn man sie richtig nehmen, ihnen die Angst nehmen wolle. –
Erst am Montagmorgen sah ich Sie wieder. Ich hatte geschlafen, als Sie zurückgekommen waren, und erwachte nun am Gefühl von Hast, Unruhe, kaum gedämpften Stimmen. Eine Schwester verdeckte die Sicht auf Ihr Bett, bald danach kam der Arzt, dann ein zweiter und weitere Schwestern; ich versuchte ein Buch zu lesen. – Das Zimmer war wieder Ihr Zimmer. – Da riefen Sie meinen Namen. Ich sah Ihr Gesicht hinter dem Rücken der über Sie gebeugten Schwester, Sie riefen meinen Namen, als wären wir allein, und fragten mich leise und deutlich, ob ich einen schönen Sonntag verbracht habe; das bestätigte ich. Und Sie? – Sie auch! Und Sie erzählten, während das Personal Ihren Körper behandelte, daß es am Samstag spät geworden

sei. Erst in jenem Café ein Trunk, dann in einem zweiten noch einer, und dann waren Sie noch in einem dritten Lokal gewesen, das kannte ich wohl gar nicht, da war es zu und her gegangen! doch, da war etwas los gewesen, Leute hatte es da gehabt und Musik, da sei man geblieben. Manchmal bissen Sie sich auf die Lippen, aber am Schmerz vorbei erzählten Sie weiter, nicht hastig, beherrscht. Es war kein verlorener Abend, er war seine Mühe wert gewesen, das wollten Sie meinen. Vor drei Uhr sei keiner nach Hause gekommen.

Ich nickte, lachte mit über all die unbekannten Leute, unter denen Sie einer gewesen waren, und nicht der letzte; Sie waren kein Fall für ein schlechtes Gewissen, Sie konnten es mir beweisen. – Etwas später lagen Sie still, von Ihren Armen und Beinen führten mehrere Schläuche zu mehreren Flaschen, lagen gefesselt wie Gulliver und heimlich riesenstark, trotz Ihres eingefallenen Gesichts, das so ruhig war; Sie mußten Blut bekommen, wie sich zeigte, und andere Pflege, als unser Spital sie zu bieten hatte.

Als Sie weggefahren wurden, weckte ich Sie nicht auf mit einem Wunsch wie: alles Gute.

Für den Anfang auf jeden Fall

Jeden Tag in den Ferien, wenn es nicht ganz naß ist, gehen Lore und Yvonne einmal hin. Yvonne trägt gelbe Gummistiefel, deren Ränder an den Knien nachklappen, als schnappten sie nach dem Kind. Was macht Lore falsch, daß es nicht wächst? Jeden Morgen, wenn Hugo fertig ist mit Kaffee und Zeitung und schon weg sein müßte, sitzt das Kind immer noch da und ißt seine paar Bissen auch noch *langsam.* »Du mußt ja nicht warten, bis sie fertig ist«, sagte Lore. – »Es regnet schon wieder«, sagt Lore, wenn sie sein Auto nicht mehr hören und hinausschauen auf das nahe Waldstück, das verhängt daliegt, als wäre nicht immer noch Juli. »Wir gehen zu den Kaninchen«, sagt Yvonne, die Tasse, die nicht leer werden will, am Mund. Sie sagt es so, als habe Lore schon widersprochen.

Lore ist jedesmal zu den Kaninchen mitgegangen.

Kaninchen dürften für eine Siebenjährige kein so unwiderstehliches Ziel mehr sein. Doch Lore wußte ja, daß die Tiere ein Vorwand waren. Was lockte, war der rostige Bagger, die Dampfwalze, der Lastwagen.

Also ging Lore, wie gestern schon, zehn Schritt hinter den gelben Stiefeln her. Ihre Augen wanderten über die nasse Laubwand. Vielleicht gab es heute etwas zu sehen oder zu hören, ein Eichhörnchen oder den Ruf eines Hähers, mit dem man das Kind einen Augenblick aufhalten konnte.

Lore »dachte nach«. Plötzlich ärgerte sie, daß »Nachdenken« immer eine Floskel für etwas gewesen war, was man sich »vornahm«, was dann aber nie zustandekam. Lore versuchte es immer wieder. »Das Kind hat

Schwierigkeiten«, dachte sie und erschrak über die Ungeduld, die sie dabei überfiel. Erschrecken konnte sie noch, das war fast ein Trost. Doch mit dem nächsten Satz, der sich so einfach dazudenken ließ: »Darum macht es auch Schwierigkeiten«, überschritt sie die Schwelle zur Übelkeit. Nicht deshalb, weil der Satz nicht stimmte. Yvonne machte ja gerade nicht, was die Leute »Schwierigkeiten« nannten, sie war ein »ruhiges« Kind. Sondern weil sich überhaupt solch ein Satz bilden konnte; weil man sich mit dergleichen zu verständigen glaubte. Und hinter der Ungeduld und Übelkeit traute sich, erleichternd, das wahre Gefühl hervor: Angst. Jetzt wußte sie, was ihr beim Gehen den Atem kurz gemacht hatte. Es gab wieder ein Wort dafür. Also: sie wußte es endgültig nicht.

Gestern ein Abend mit Lichtbildern, zu Hause, Gesellschaft. Erich und Lisa führten ihre Ferienbeute aus Korfu vor, am Ende stand nur noch das helle Viereck an der Wand, und niemand drehte das Deckenlicht an. Hugo sagte: und jetzt der Porno. Das mühsame Lachen, das ihm antwortete, vermochte das Schweigen nicht zu übertönen. Das Geschwirr des Ventilators hörte sich wie Ohrensausen an.

»Ja, wenn wir noch wären, was wir einmal gewesen sind«, sagte Erich ins Halbdunkel hinein, und jemand, eine Frauenstimme, antwortete: »Damals waren wir aber gerade nicht so.« Und an dieser Stelle hörte man auf einmal husten, ein kleines Husten aus einer anderen Kehle. –

Und es war Lore, die nichts zu sagen gewußt hatte, jetzt aber aufstand, um Licht zu machen. Da saß allein auf seinem Stuhl das Kind in seinem kanarienfarbigen Schlafanzug und blinzelte.

»Yvonne!« sagte jemand.
Sie konnte nichts mitgehört haben; es hatte nichts Besonderes mitzuhören gegeben. Darum war es schlimm, wie Lore sich benahm. Sie nahm das Kind nicht auf den Arm oder bei der Hand. Sie schüttelte die kleinen Schultern und schrie: »Du gehörst nicht hierher! Seit acht Uhr bist du im Bett!«
Und diesen letzten Satz, dem der Unsinn anzuhören war, wiederholte sie noch einmal.
Hugo lachte, der genierte Gastgeber, nahm Lore das Kind weg und trug es nach oben – nicht ohne es den Freunden noch einmal »gezeigt« zu haben. Beim Verschwinden durch die Tür hing Yvonnes Kopf vom Kopf ihres Vaters weg, als hätte das Kind jetzt einen Schaden. Jemand wußte zu sagen, daß Kinder nicht empfindlich seien, wenn nur der Rahmen stimme, die familiäre Geborgenheit, die Vertrauensbasis. Weinen war mißverständlich, Lore wußte es, aber sie konnte nichts dafür; das war jetzt so und warum sollten es die andern immer nicht sehen. Von »Streß« war die Rede.
Bald danach Autoblechschmettern im Licht des Vorgartens, hektisches Grün der Zierbäume. Ein Bühnenbild unter dem schwarzen Regenhimmel. Schaltgeräusch in der Ferne. Wie schwer würde das alles wieder zusammenzubringen sein, diese Leute, und was sie einem nicht mehr bedeuteten.
»Du hast doch Zeit, versuch dir etwas Eigenes aufzubauen«, sagte Hugo beim nächsten Frühstück oder übernächsten. »Ich meine, du kannst dir deine Zeit leichter einteilen.« Hugo war, so hatte er sich einmal ausgedrückt, »frauenbewußter« geworden.
Nichts besonderes, Hugo. Müde. Mach dir keine Sorgen.

(Was sollen mir deine Sorgen.)
Als sie jünger war, hatte Lore das Gehen im Regen geliebt.
»Das war eine Holztaube«, rief Lore. In der Steigung hatte sie Mühe. Immer gehabt, es war kein Alterszeichen. Vielleicht ein Zeichen ihres Widerstands gegen Bodenerhebungen, Horizontverkürzung. Hugo hatte sie geneckt: am liebsten würde sie alles *eben* haben. Das war nicht wahr, es war eben geneckt, wie so vieles übrige.
»Hast du's jetzt wieder gehört?« fragte Lore, die Anstrengung gab ihrer Stimme etwas Drängendes, darum lachte sie gleich danach. Sie benahm sich ja verlegen vor dem Kind.
Yvonne drehte sich rasch um, nickte, der Blick hieß vielleicht: was soll deine Holztaube, oder: gib dir nicht so viel Mühe.
Lore versuchte zu denken: wir müssen bald einmal wirklich Ferien machen. »Wirklich« – in dem Wort verbarg sich die Erwartung eines Wunders, also etwas Unwirkliches; es war erheiternd, sich als eine Person zu denken, die »wirklich« Ferien machte. Sie war ja froh, daß es dieses Jahr, während Yvonnes ersten Schulferien, keinen gemeinsamen Urlaub geben konnte, Hugos Bakterienkultur wollte täglich gewartet sein, ein Assistent konnte es nicht tun. Und allein mit dem Kind, wie Hugo angeboten hatte, mochte sie nirgends hingehen, für die Lücke, die er ließ, wollte sie nicht einstehen, mit irgendwelchen Haltungen. Sie wußte nicht mehr, wie man das darstellte: die Abwesenheit eines Ehemannes. Und die Mühe, einen Ortswechsel zu organisieren. Die Erwartung, sich zu erholen; was hieß das, und wozu? – Die letzten gemeinsamen Ferien in einem

gemieteten Chalet hatten sie selbst in witzigen Augenblicken einen Alp-Traum genannt. Zum Glück hatte es außer den Kühen auch einen neuen Supermarkt in der Nähe gegeben. Die Einbildung, man habe hier oben ganz anders zu leben, hatte sie alle ungenießbar gemacht (»ungenießbar«: wieder plötzliche Übelkeit durch ein einziges Wort). Eine Krise und ein Krach mit Scherben, auf den sie beinahe stolz waren, es war das erste Mal, hatte die Luft »geklärt«. Danach wurde es, zwischen Gesprächsversuchen, ungefähr die gesuchte Bergluft, in der sie ferienmäßig herumgingen und wenigstens braun wurden. Spaziergänge bis leichte Wanderungen, abends Spiele mit dem Kind, Domino, mehr Lesen, weniger Zigaretten.

Jetzt hatte der Ruf der Holztaube Lore bewegt, aber woher sollte das Kind das wissen und der Bewegung trauen.

Der Weg trennte sich vom Waldrand, er wäre eigentlich ein Aussichtsweg gewesen. Bevor er einbog ins Getreide und zwischen Hügeln halbreifen Weizens zum Hohlweg wurde, nahm Lore noch ein Stück Aussicht mit. Blick über die Siedlung in schwärzlichem Sommergrün auf den See, die Voralpen, Spuren höherer Landschaftsbauten in der Ferne. Lore streifte, als müsse sie sich losreißen, ein paar Blätter vom letzten Waldrandgebüsch. Sie blieben lose in ihrer Hand, die Finger rieben daran, sie roch an den Fingern. Sie kannte die Blätter nicht.

Im Getreide behielt sie den Tick des Abzupfens bei. Alle paar Schritt eine Ähre. Sie prüfte die Grannen gegen den Strich. Weizen, das wußte sie. Bis zum Rand des Friedhofs dachte sie der »Holztaube« nach, die vermutlich nur eine Waldtaube war und ihr als solche nichts mehr sagte, sie war auch verstummt. Geblieben war ein Wort und hie und da ein Regentropfen auf die Lippe, den sie ableckte. Es tröstete sie, daß es auch im freien Feld etwas regnete.

Es gab noch alte Leute, die »Luft« sagten, wenn sie Wind meinten. Von der Luft als solcher hatten sie keinen Grund zu reden.

Gleich hinter dem Friedhof, noch von der Mauer verborgen, war das Ziel, dem Yvonne zwanzig Schritt voraus entgegenlief; der Anfang eines Seitenwegs, eine Schmutzspur, die hinter eine Bodenwelle (die alte Kehrichtdeponie der Gemeinde, jetzt begrünt) und zu einem Gebäude führte. Einem Komplex von Hütten eigentlich, gruppiert um eine Scheune mit gemauertem Wohnteil. Stöße von Brettern, Röhren, Backsteinen, Armatureisen bildeten mit dem Kaninchenstall zusammen eine Art Hof; der Kaninchenstall war das einzige Neue hier, wirkte in seiner Lackiertheit lachhaft bewohnbar. Der Schuppen, aus dem ein schildloser Lastwagen mit abgebauter Brücke Kühler und Kabine ragen ließ. Und die Baumaschinen, Bagger und Walze, die in einer Pfützenlandschaft gegeneinander Front machten, entfärbte Wracks. Es gab einen Bewohner da hinten. Manchmal ließ er sich blicken, ohne Gruß, ein Mann im blauen Arbeitsmantel, sechzig vielleicht, eingefallen, aber kaum gebeugt, eher klein, wohl zäh. Er hatte ein gelbes Gesicht mit Augenringen über dem Schifferbart und einer Zigarette im Mundwinkel, die nicht brannte. Lore hatte mit Yvonne gewettet, daß er eine Brille trage, und die Wette verloren.

Lore wäre nicht darauf gekommen, daß man an dieser Stelle von einem Spazierweg abbiegen könnte. Sie war das erste Mal Yvonne nur nachgegangen, um sie zurückzumahnen, denn dies war offenbar Privatgrund, schmutzig außerdem. Aber dann ließ sie das Kind beim Herumklettern auf den Maschinen gewähren, immer noch geniert, bereit, eine Entschuldigung anzubringen. Die Entschuldigung war erst beim dritten oder vierten Mal loszuwerden, doch der Mann schien sie kaum zu beachten, ging offenbar nicht störbar seinen undeutlichen Gängen nach. Danach blieb es dabei, daß man »zu den Kaninchen pilgerte«. So hieß das nun.

Yvonne war jetzt einzuholen; sie pflückte am Straßenrand Klee für die Kaninchen, den es hinten »bei dem Mann« nicht mehr gab. Dort gab es nur noch: Brennnessel, Goldrute, Wermut – so weit reichte Lores Pflanzenkenntnis. Einmal hatte sie gelesen, daß es in Deutschland nach dem Krieg »Trümmerflora« gegeben habe; Gewächse, die früher oder später in diesen Breiten nicht mehr gediehen. Lore hatte sich »Trümmerflora« immer südlich vorgestellt. – Yvonne im Klee, den sie pflückte, als sollte das ein Strauß werden.

Lore blickte auf das Kind hinab, das im blauen Overall auf den zusammengeknautschten Stiefeln saß. In diesen Tagen war es öfters geschehen, daß ihr Yvonne so weit weg vorgekommen war. Ein Traum: in ihrem Bauch das Kind, zusammengekauert, aber kein Embryo, es hielt die Arme um den Kopf; das Gefühl: ich verliere das Kind. Und die plötzliche *Erfahrung*, als sie Yvonnes Zähne putzte: dieses kleine, von Zunge und Speichel umspielte Gebiß, an dem sie herumfeilte, gehörte zu einem *Schädel*.

Yvonne rannte. Die Pfützen schütteten sich über ihre Stiefel aus; dafür hatte man Stiefel an. Lore mit ihren zarteren Stiefeln (Hirschleder) tastete an den Rändern entlang, mußte zurückbleiben. Als sie im »Hof« ankam, hatte es schon begonnen. Es begann immer beim großen Bagger, der seine blank gebliebenen Löffel in die Luft stehen ließ. Der Kleestrauß lag auf der Raupe. Früher hatte Lore noch nachhelfen, schieben müssen. Jetzt saß Yvonne schon hoch droben auf der Segeltuchbank, riß an den Hebeln, die einmal zur Bewegung der Maschine gedient hatten, dem Vorrücken und Zurücksetzen, dem Heben und Senken des Löffels, dem Einschlagen der Reißzähne, dem Hieven, dem Drehen an Ort, dem Kippen. Yvonne riß an den Stangen. Sie stieß Brumm- und Kreischlaute aus, sie arbeitete mit dem toten Ungeheuer, sie beherrschte die Welt und brauchte sich selbst nicht mehr zu beherrschen.

Und Schluß. Yvonne wechselte auf die Straßenwalze, die kleiner war, der Phantasie nicht so viel bot. Wenn man im Sattel saß, konnte man nur ein schwerfälliges Brüllen hören lassen, mehr gab eine Walze nicht her.

Als Lore so klein gewesen war –

– hatte sie ihre Mutter gefragt, wie das heiße, wenn man vor sich hinsehe, ohne etwas genau zu sehen. Ihre Mutter hatte geantwortet, ohne sich zu besinnen: »Stieren«. Aber war es das? »Stierte« man nicht nach etwas Bestimmtem? »Träumen« konnte es nicht heißen; die Lehrerin nannte es so. »Stieren«, »träumen«. Sie wollten einem etwas nehmen, wenn sie solche Wörter gebrauchten; etwas, was sie selbst nicht mehr hatten. Sie hatten jetzt nur noch ein Wort dafür –

Lore machte ihre Augen nicht fest; dazu lächelte sie. So, genau so wäre sie als Kind gern fotografiert worden. Aber der Vater verlangte, daß man streng in den Apparat lächle, über den er sich beugte ... er machte immer nur ein Bild aufs Mal, das mußte gelingen, und es sollten möglichst viele drauf sein. Ein Bild extra von

Lore, auf dem sie auch noch »stierte«, das wäre zu schade gewesen. Für »Schnappschüsse« hatte man kein Geld gehabt, oder keinen Sinn. Obwohl man die Bilder beim Herumzeigen als »Schnappschüsse« bezeichnete und lustig beschriftete. Wie sah man dann aus auf diesen Bildern mit seinem befohlenen Lächeln. Und wie anders hatte man im Spiegel ausgesehen, wenn man »gestiert« hatte. Unscharf, aber –

Lore hatte sich damals gewünscht, einmal »ertappt« zu werden von ihrem Vater, wenn er fotografierte: vielleicht beim Klettern auf den Haselbusch im Garteneck, mit den verbotenen Sonntagskleidern. Er hätte sie nicht fotografiert dabei, er hätte sie heruntergepfiffen. Um fotografiert zu werden, mußte man erst zusammenstehen und lächeln, und bei ihr war das Lächeln nie gut herausgekommen. Das konnten nur die, die es geübt hatten, Tante Hermine, Onkel Oskar, ein ganzes armes Leben lang –

Der »Selbstauslöser«. Manchmal hatte der Vater damit gearbeitet, ja: »gearbeitet«. Erst befahl er Unbeweglichkeit, dann rannte er, sich einmal umsehend (ob er das Stativ auch nicht verschoben hatte) auf seine Familie zu, als suche er Deckung. Er drängte sich unter die Seinen, die ihm hastig Platz machten, und ergriff zwei Hände oder legte gar den Arm um jemanden, der sich nicht mucksen durfte, und dabei surrte der Apparat, surrte ab wie ein gefangenes Insekt, und dann durfte man wieder atmen, die Mienen lösen. Und am Ende grinste der Vater auf dem Bild wie ein Sterbender, er fand nichts dabei, er gefiel sich, er probierte das Fotografieren immer wieder aus, an manchem schönen Sonntag.

Hier wäre Weinen beinahe möglich gewesen, aber erst

jetzt. Zehn Jahre nach seinem Tod. Bald zehn Jahre mit Hugo. Ja, sie hatten das Trauerjahr noch abgewartet. »Das Trauerjahr«.
Das Motorengebrumm kam jetzt aus dem Schopf. Yvonne fuhr Lastwagen. Das Knacken der Schalthebel hier leiser, drohender. Schwacher Regen im Gesicht; vielleicht gaben auch nur die Blätter des Holunders Nässe ab. Wind. »Luft«. Der Vater hatte sie Eleonore getauft, weil ihm Goethe »über alles ging«, aber sie hatte ihn nie Goethe lesen sehen. Sie lächelte wieder; sie stellte ihre Augen scharf ein, etwas irritierte sie –
Jetzt sah sie und nahm das Lächeln zurück. Es war einem Blick begegnet, dem Blick des alten Mannes, der sich nun wandte und in sein Haus ging. Man hatte Lore zugesehen, wie lange schon?
Sie nahm den Kleestrauß vom Bagger und rief in den Lastwagen hinauf: »Komm, wir müssen zu den Kaninchen.«
Yvonne war sehr schnell da. Sie nahm Lore den Klee aus der Hand und drückte die einzelnen Pflanzen, Stiel voran, durch die Drahtmaschen den witternden, sich drängenden Schnauzen entgegen. Schräg, nicht besonders geschickt, versuchten die Zähne das Grün zu fassen. Wenn es sich sperrte, wurde es brutal durchgezerrt. Auch die Blütenköpfe wurden gefressen, nur ein großer Scheck, den Yvonne ohne Begründung den »Ungar« nannte, ließ sie fallen. Lore fütterte sparsam; ab und zu versuchte sie ein Zukurzkommendes mit einem Stielende in einen ruhigen Winkel des Gitters zu locken. Das mißlang fast immer. Die starken Fresser ließen lieber ihr angefangenes Zeug im Stich und folgten der neuen Spur.
Yvonne fütterte die Tiere unaufmerksam –

Noch nie hatte sie gewünscht, eins auf den Arm zu nehmen.
Diesmal wartete sie nicht einmal das Ende des Kleestraußes ab, sie lief wieder weg, zum Lastwagen. Der Regen war jetzt stärker. Lore schlüpfte in die Ärmel ihres Regenmantels, den sie nur um die Schultern gelegt hatte.
Sie hatte ihn wieder nicht kommen sehen. Sie hatte nicht einmal Zeit, sich umzudrehen, da hatte er sie schon berührt, vorne durch den Mantel, den sie nicht zugeknöpft hatte. »Darf ich Sie anfassen«, hörte sie fragen, »ich habe lange keine Frau mehr angefaßt.«
Sie blickte auf die Hand, die ihr über die Brust fuhr, auf der hellen Bluse, eine stockfleckige Hand. Dann in sein Gesicht. Sie las etwas darin, was sie auf der Stelle erkannte, was sich in diesem Gesicht ausprägte, seine Falten zu straffen begann.
Sie fütterte langsam weiter. Es mochte aussehen, als wären sie einander bei etwas behilflich, bei einer geringen Schwierigkeit oder Operation. Es geschah nichts, als daß seine Hand von ihrer Brust über ihren Bauch fuhr und dort einen Augenblick liegenblieb. Lore roch seinen Atem, fad, menschlich; er hatte nicht getrunken. Dann nahm der Mann seine Hand wieder zurück und steckte sie in die Tasche seines Arbeitskittels. »Erkälten Sie sich nicht«, sagte er. Er hatte nicht flüstern wollen, offenbar, denn er räusperte sich jetzt laut, fast grob, und ging weg.
Lore sah sich nach Yvonne um, sie saß oben im Maschinenhaus des Baggers, das geborstene Plexiglas des Seitenfensters zeigte ihre Figur nur getrübt. »Kommst du?« rief Lore, holte ihre Regenkappe aus der Tasche und zog sie sich über das Haar. Dann drehte sie sich

um, ging am Bagger vorbei zum Weg, auf den Pfützen hüpften die Einschläge einzelner Tropfen. Das Kind blieb sitzen.
Dann kam es. Es blieb ein Stück hinter Lore zurück; sie hörte es in den Pfützen trampeln. Vorn auf dem Sträßchen ging Lore links, nicht gradeaus ins Weizenfeld. Hier holte Yvonne sie ein und faßte ihre Hand.
»Warum gehen wir hier?«
»Weil es auf dem Grasweg zu naß ist. Meine Stiefel sind nicht so gut wie deine.«
Allmählich kamen sie in die Nähe von Häusern, unter Leute, es war niemand dabei, den sie kannten. Die meisten trugen Schirme. Nicht viele junge Leute in dieser Gegend.
»Hast du mit dem Mann geredet?« fragte Yvonne.
»Er hat mich etwas gefragt.«
Sie gingen weiter, Lore hob eine frische Blüte vom Trottoir auf, die violette Dolde eines Zierstrauchs. War der Wind so stark gewesen? Vielleicht hatte eine Autoantenne sie abgeschlagen.
»Wie heißt der Mann?«
»Das hat er nicht gesagt.«
Der richtige Name für die Blütenform fiel Lore nicht ein. Wenn sie spitz zulief, nannte man sie nicht mehr »Dolde«.
»Fragst du ihn nächstes mal?«
»Ich weiß nicht.«
Yvonne ließ ihre Hand los, um eine Schnecke aufzuheben.
»Eine Weinbergschnecke«, sagte Lore.
Yvonne schmetterte die Schnecke auf das Pflaster. Eine Masse von Kalksplittern, braunem und grauem Brei, die zögernd auseinanderquoll. Lore schloß die Augen.

Sie strich mit den Fingern die »Dolde« glatt, während sie weiterging. Kurz vor der Haustür faßte Yvonne sie wieder an. Das Kind wußte doch, man mußte es loslassen, um die Haustür zu öffnen.
»Die Stiefel«, sagte Lore.

Hugo wollte an diesem Abend spät kommen. Lore aß mit dem Kind, erzählte ihm noch eine Geschichte, bestand nicht darauf, daß es badete und ließ es wie immer noch eine Weile »bei Licht« spielen, nachdem die Läden geschlossen waren.
Als sie ihm gute Nacht wünschen wollte, sagte Yvonne: »Könntest du mir einmal den Rücken kratzen?« Lore gehorchte; die Handvoll Rücken, die wachsam und unerfahren stillhielt. Dann wollte sie ihm einen Kuß geben, aber das Kind sagte:
»Der Mann hat dich auch gekratzt.«
»Er hat mich gestreichelt. Er hat gefragt, ob er mich anfassen darf.«
»Wieso?«
»Er habe lange keinen Menschen mehr angefaßt.«
»Hat er keine Frau?«
»Vielleicht hat er früher eine gehabt, ich weiß es nicht.«
»Hat er dir das erzählt?«
»Nein.«
»Möchtest du wieder hingehen?«
»Ich glaube nicht.«
»Und wenn ich möchte?«
»Dann müssen wir uns das überlegen.«
»Sag mir jetzt gute Nacht«, sagte Yvonne. Aber bevor Lore sich bewegen konnte, sprang das Kind mit einem Satz von ihr weg in die hintere Bettecke. Das Bett fuhr hin und her.

»So hüpfen die Kaninchen.«
»Genau«, sagte Lore. »So hüpfen sie.«
»Ich glaub, ich möchte morgen wieder hin«, sagte Yvonne, und im gleichen Atemzug: »Bekomm ich morgen den Kola-Bär?«
Der Kola-Bär war ein teures Spielzeug aus einem echten Fell, Blickfang in einer Boutique, wo sie sich nach einem Beleuchtungskörper umgesehen hatte. Hugo bestand auf einem italienischen Design, aber er hatte keine Zeit, sich selbst darum zu kümmern. Er hatte ja eine Frau mit Geschmack.
Lore lächelte wider Willen. Ihre Tochter war eine Händlerin.
»In das Geschäft möchte ich nicht mehr gehen«, sagte Lore. »Ich finde es blöd, so etwas zu kaufen, nur weil wir es jetzt kaufen können.«
»Weil wir Geld haben, oder,« sagte Yvonne.
»Papa hat Geld, ich nicht.«
Das Kind schaute sie an. Dann sprang es wie wild im Bett herum, drückte plötzlich eine Backe gegen die Holzlatten und schnüffelte heftig durch den Spalt.
»Du mußt jetzt bald ein richtiges Bett haben.«
»Dann brauch ich den Kola-Bär nicht mehr.«
»Was soll ich dir heute singen?«
»Ach –«, sagte Yvonne mit dem wählerischen Tonfall der Großen, sie kniete jetzt, gerötet vom Toben, und wippte auf den Knien, »ach – laß das für heute. Sing mir dafür ein andermal wieder.«
In ihr eigenes Lächeln hinein drehte Lore die Lampe aus, damit ihre Tochter nicht sah, wie es sich veränderte.
»Schlaf wohl«, sagte sie, und ihre Tochter antwortete: »Klar.«

Unten setzte sich Lore auf das Sofa, ohne Licht zu machen. Der Abend war früh da, der Regennachmittag hatte sich mit Dunkelheit gesättigt, das schwere Grün draußen lebte. Ein Vogel schrillte, warnte unaufhörlich. Eine Katze? Castelli-Beleuchtung würde es hier also nicht mehr geben. Auch die Glühbirnengirlanden, die sie auf der Terrasse geplant hatten, für Gartenfeste, würde niemand mehr aufhängen, oder jemand anders –

War das alles schon so klar?

Seltsam nur, wie klar der Anfang dazu war.

Das Kind –

Das Kind durfte keine Ausrede mehr sein. Eine beanspruchte Mutter war in jedem Fall besser für Yvonne. Beansprucht? Damit, ihr Leben zu verdienen.

Sein Leben verdienen. Davor Angst zu haben, hatte man sehr früh gelernt. Und gelernt hatte man auch die Gefälligkeit, die aus der Angst kommt und zu nichts weiter führt als zum Lächeln der »Frau des Hauses«, in die sich die Hausfrau bei Veranstaltungen verwandelt.

Keine Lust, eine Platte aufzulegen, wie sonst immer, wenn der Tag oder Abend eine Lücke ließ.

Das dunkle Grün: vom Gärtner empfohlene, gepflanzte und regelmäßig beschnittene Gebüsche, die in fünf Jahren üppig geworden waren. Die Amsel, oder was es war, zeterte immer noch. Auf dem Fenstersims die abgebrochene Zierstrauch-Blüte steif in einem Einmachglas. Es sah provisorisch aus, unzugehörig, ein Stück Leben aus einem Studentenzimmer, sie wollte zu dieser Blüte stehen.

»Dolde« hieß es aber nicht; wie denn eigentlich? Sie stand auf und wollte es wissen. Neben dem Einbaufernseher die Bände zum Thema Gartenkunst und

Schöner Wohnen. Sie fand den gelben schmalen Band sofort, den sie in zehn Jahren nie mehr angerührt hatte; eins von Vaters Büchern. Der Vater hatte von einem eigenen Ziergarten nur geträumt, diesen hier hatte er nicht mehr erlebt. Sie ging mit dem Bändchen zum Fenster und hielt die Glanzpapierblätter nach außen. Der gemeine Oleander, die schönblühende Weigelie, der syrische Eibisch, der drüsige Götterbaum, das gemeine ... was da alles »gemein« war in diesen teuren Gärten. Sie dachte an einen Jugendfreund, für den der Oleander gemein gewesen war, weil er in Kübeln an der Straße stand und jeden Tag abgestaubt werden mußte ... oder gewaschen? – Bruno? – Ein Wirtssohn jedenfalls, beneidet, weil bei ihm zu Hause die Kekse nur so auf den Tischen herumstanden, und kein Mensch glaubte ihm, daß er sie auch bezahlen mußte. – Der echte Sassafras, der war es auch nicht, schade. Aber diese war es. Sie hatte gewußt, daß es die Blüte einmal in diesem Buch gegeben hatte. »Die veränderliche Buddleya, Buddléya variabilis Hemsl., erst in den letzten Jahrzehnten aus China eingeführt, ein in der Tracht sehr veränderlicher, bis ca. 3 m großer Strauch« ... das war es nicht, was sie wissen wollte. »... es ... die in eine ... dichte, üppige Rispe endigen ...« RISPE, was sonst.

Das Wort war schön. Es flüsterte noch. Als wäre die Buddleya mit Gras verwandt, hohem Gras.

Sie las weiter, daß der Strauch warme Lagen liebe, daß er in rauhen Gegenden Windschutz brauche, im botanischen Garten Karlsruhe seit Jahren vortrefflich gedeihe, wo die Abbildung »darnach gemalt« worden sei. »Eine vielsamig 2fächrige bei der Reife die bleibende Blumenkrone zerreißende Kapsel, deren wandspaltige, an der Spitze fachspaltige Klappen sich von den Samenleisten loslösen.« Am Rand neben der Abbildung hatte ein Kind mit Bleistift J E hingeschrieben, das mußte einmal sie gewesen sein, einem andern Kind hätte der Vater sein Buch nicht in die Hand gegeben. Und auch sie mußte dafür wohl krank gewesen sein. Lore mit einer Kinderkrankheit im Bett und diesem Blütenbuch zum Trost, den man nicht nötig hatte, denn wenn man krank war, wurde für einen gesorgt ... so hatte es angefangen, so hatte vieles angefangen, und durfte nicht weitergehen ... In dieses Buch hatte sie, von Krankheit geschützt, diese Buchstaben gemalt, an dieser verbotenen Stelle. Das Gefühl hinter den Augen, das einem die Sicherheit gab, Fieber zu haben. Jetzt gab es nichts mehr dergleichen, und man mußte aufhören, sich deswegen leid zu tun, man durfte es ...: aufhören. – Danach hatte man immer noch drei Tage »ohne Temperatur« zu Hause bleiben müssen, die Mutter tat es nicht anders, ein wenig wurde die Krankheit wie eine Strafe behandelt, und man brauchte sich nur nicht anmerken zu lassen, daß es keine war ... Die Mutter ... im Grunde wollte sie wohl nur nicht schuld sein, wenn etwas passierte, sie wollte auf keinen Fall schuld sein, das war ihre Liebe. Eine andere hatte sie nicht kennenlernen – dürfen. Ihr Problem, ob sie diesem Hugo und seiner sehr guten Familie auch eine richtige Frau abliefere ... sie sah diese Ehe als Examen ihrer guten Erziehung an, Lore hatte sich zu bewähren für ihre Mutter. Seinen Stolz hatte man immer, man brauchte nicht reich zu sein, um alles richtig zu machen ... Die Mutter hatte gerade noch Yvonnes Geburt erlebt ... Lore hatte ihr keine Schande gemacht. Ein gutes Gefühl, um damit zu sterben –

Die veränderliche Buddleya, wie konnte man einen Strauch so nennen? Vielleicht hieß er nach einem Herrn Budd, oder Buddley. Wie die Gerbera nach einem Herrn Gerber? Wie die Gerbera aussahen, konnten sie nur von einem Herrn Gerber erfunden sein. Das Buch war ihr heruntergefallen, sie strich ihm über beide Deckel, und stellte es zu den übrigen.

Dann setzte sie sich auf das Sofa, aufgerichtet wie für ein Gespräch. Sie nahm die leeren Hände zwischen die Knie, empfand, daß die Hände warm waren. Es war nicht sicher, ob Hugo eine Veränderung ertrug. Sie wollte ihm nichts zuleide tun. Aber darum ging es nicht. Es ging um ein Wort, das sie mit dieser Ehe gegeben hatte und nicht halten konnte, denn sie hatte es nicht nur Hugo gegeben. Die Warnung aus dem Garten, die Wärme der Hände. Das Kind, das sie nie gewesen war. Das Kind, das jetzt oben schlief.

Ging es darum, Hugo zu verlassen? Es ging darum, ihm zu sagen, daß man sich nicht mehr ganz zu verlassen bereit war auf sich selbst. Dieses Selbst war tot, auf das man gebaut hatte, in so viel Jahren und mit welcher Anstrengung und doch: wie ungenau. Die Hand des Mannes dort draußen hatte nichts gefunden. Es war auch nichts gewesen, was erschrocken oder erstarrt wäre. Nur Staunen über Nichtanwesenheit; doch dieses Staunen fast tödlich. Es war mit ihr nach Hause gekommen, saß mit ihr an dieser Stelle; es war auszuhalten; es lebte. Eine seltsame, knappe Wohnlichkeit, nicht mit der Polstergarnitur zu verwechseln, die sie noch selbst ausgesucht hatte. In diesen Sachen war sie nicht mehr; sie war nur noch genau da, wo sie war. Hier fest zu bleiben und stillzuhalten ohne Musik, der Griff einer Hand zwischen die Finger der andern, war möglich. Es war eine Arbeit, Lores erster Job. Sie freute sich darauf. Vielleicht ein gemeinsames Zimmer mit Yvonne, für den Anfang, für den Anfang auf jeden Fall.

Mahlzeit

Gewidmet Berthold Hänel
und den Lesern in Lörrach

»Wie schön! wie nett!« ruft es mit heiserer, aber sofort erkennbarer Stimme vom Oberstock her, während jemand, der Onkel aus Amerika, offenbar über seine Verhältnisse hastig den Treppenabstieg in Angriff nimmt, immer erst den zweiten Fuß auf die Stufe nachzieht, bevor er mit dem ersten weiterrückt. Peter sitzt seitlich unter dieser Treppenleiter im toten Winkel, er möge hier sitzenbleiben, hat ihm die junge Dame bedeutet, bevor sie hinaufgegangen ist, um den Onkel auf den Besuch vorzubereiten; wenn der Onkel ihn gleich am Treppenende stehen sähe, könnte er überstürzt herunterkommen und sich wehtun, oder gar nicht herunterkommen; das könne man nie wissen.
So gibt sich Peter Mühe, auf das in kurzen Abständen erklingende »Wie schön! wie nett!« nicht einzugehen und dieses auf der schwachen Treppe mächtig wirkende Herunterkommen auf seinem Polsterstühlchen zu Ende anzuhören. Er sieht die plumpe Männerhand auf dem Geländer ruckweise abrutschen und sich wieder anklammern, wobei sie zittert; dahinter, ohne Druck auf das Holz, die gelbe Damenhand. »Wie schön, wie nett!« hört Peter schon fast neben seinem Ohr; jetzt wird er wohl aufstehen dürfen. Und er stellt sich, indem er seine Schultern lockert und ein Lächeln aufsetzt, neben das Treppenende und blickt hinauf in das klein gewordene Gesicht seines Onkels aus Amerika, das sich ohne ein Zeichen des Erkennens, ohne den Blick zu verändern, zum Greifen nahe schiebt.
Peter nickt, tritt etwas zurück, streckt dem Onkel seinen Arm entgegen. Der Onkel ergreift diesen Arm und

schüttelt ihn heftig, ohne sich darauf zu stützen. Aber er braucht ja eine richtige Stütze, solange die Treppe noch nicht zu Ende ist, also tritt Peter nun doch wieder zur Seite, befremdet von der zarten Vorsicht, mit der der Onkel seinen Arm freigibt, und läßt ihn den Boden erreichen. Auch so gebückt ist der Onkel noch groß. Hier bleiben sie also stehen, bis die junge Dame sich zwischen sie geschoben hat, um diesen Raum, viel Raum ist ja nicht in diesem Haus, jetzt in aller Form für eine kleine Begrüßung freizugeben. Aber die ist schon gewesen, sie haben sich doch schon angefaßt, also bleiben sie nur stehen, und es scheint, als ob sich der Onkel an Peters Schulter vorbei umblicken wollte nach einem weiteren Besuch, dem richtigen.

»Das ist doch Peter«, sagt die junge Dame, »Peter! Peter ist aus der Schweiz hergekommen, denken Sie.«

»Aha ha, o ja«, sagt der Onkel und reckt sich jetzt sogar, ohne Peter anzublicken, auf die Zehen, »wie schön, sehr nett. Ich danke Ihnen.«

»Ich bin auf einer Geschäftsreise hier«, sagt Peter. »Und da wollte ich doch einmal sehen –«

Aber der Onkel paßt nicht auf. Er hat mit der jungen Dame zu flüstern begonnen.

»Ja, ja«, sagt die junge Dame laut, »es macht nichts, es macht gar nichts. – Es stört Sie nicht, wenn er nicht rasiert ist, nicht wahr.«

»Aber bitte!« sagt Peter, »es ist doch gemütlicher so.«

»Peter möchte mit Ihnen ausfahren«, sagt die junge Dame. »Denken Sie. Nach Utica.«

»Bin ich da schon gewesen?« fragt der Onkel. »Da bin ich noch nicht gewesen«, sagt er. »Ich glaube, da bin ich noch nicht gewesen.«

»Schon tausendmal bist du da gewesen, Onkel«, sagt

Peter. »Utica! In Utica hast du doch immer dein Büro gehabt.«
Der Onkel beginnt wieder ins Ohr der jungen Dame zu flüstern.
»Aber nein! Nein!« sagt die junge Dame entschieden.
Der Onkel dreht sein Gesicht prüfend nach Peter um; es ist ein Blick wie vor vielen Jahren, nur daß die Augen größer geworden sind, oder hohler und etwas feucht; nach einem dieser rätselhaft festen Blicke huschen sie wieder beiseite.
»Oui«, sagt der Onkel, »on fait des voyages maintenant. Beaucoup. Pas mal de voyages. A Paris, ah oui. Les gens font des voyages maintenant.«
»Sie können mit Peter Schweizerisch reden, es stört mich kein bißchen«, sagt die junge Dame. Sie hat einen gleichmäßig milden Ton, ganz jung ist sie wohl nicht mehr, ihre Haut wirkt mehlig vom Puder, das Haar ist graublond ohne Alter.
»Ah oui, oui«, sagt der Onkel, und sein Französisch wird noch hastiger, als wäre er im Examen; rasch nacheinander nennt er verschiedene französische Reiseziele und läßt jedem ein kurzes, wegwerfendes Räuspern folgen.
»Ich bringe dir Grüße vom Vater«, sagt Peter.
»Es ist sehr freundlich von Ihnen«, sagt der Onkel aus Amerika, »sehr freundlich, daß Sie so etwas sagen.«
Peter versucht es nochmals. »Von Erich, Grüße von Erich«, sagt er.
»Oh!« sagt der Onkel, und das aufmerksame Lächeln des Mannes, der mit Leuten umgehen gelernt hat, fliegt über sein Gesicht. »Eric!« Er spricht den Namen englisch aus, ist vom Englischen nicht abzubringen.

»Sie kennen ihn?«
»Aber Mr. Shallenberger«, sagt die junge Dame, »Erich ist doch Peters Vater.«
»Peter kennen Sie auch?« fragt der Onkel aus Amerika mit zugekniffenen Augen.
»Ich glaube, wir fahren jetzt nach Utica, Mr. Shallenberger, und essen etwas Hübsches«, sagt die junge Dame. »Da können Sie sich noch viel erzählen, Sie und Ihr Neffe.«
»Da bin ich noch nicht gewesen, nein,« sagt der Onkel wieder sehr verbindlich. »Ich habe Sie zu lange warten lassen. Ich bitte um Verzeihung.« Er streicht hinten über seine Hose. »Man kann es wieder waschen. Ich erinnere mich jetzt.«
»Es ist nicht mehr wie in Fir Lodge«, sagt die junge Dame, »nicht wahr, Mr. Shallenberger. Hier haben wir einen großen Garten, und ein Bad, und ein eigenes Zimmer, und Fernsehen. Cherokee Manor ist nicht wie Fir Lodge.«
Peter nimmt den Onkel beim andern Arm, sie gehen auf den gekiesten Vorplatz hinaus, der von Ahorn gesäumt ist, Schockrosa, -gelb und -orange wie eine Frühjahrsdekoration im Warenhaus. »Hast du ferngesehen, Onkel?« fragt Peter; beim Gehen fällt das Reden leichter, wird unwichtiger. Aber der Onkel bleibt stehen.
»Wen?« fragt der Onkel. »Nein, ich sehe ihn nicht oft, gar nicht. Bestimmt nicht.« Beim Weitergehen hält er Peter die Hand hin und drückt sie kurz.
An der freien Luft geht der Onkel noch weiter vorgebeugt, mit aufmerksamen, abwägenden Schritten, als traue er dem Boden nicht, aber seine Begleiter sollen es nicht merken.
»Er versteht nur die Worte nicht immer«, sagt die jun-

ge Dame. »Aber den Sinn versteht er dann doch. Man muß nur Geduld haben.«
»Ich meine«, sagt Peter, er muß seinen Schritt bremsen und scheuert dabei den tiefen Kies auf, »ob du gern fernsiehst.«
»Ich sehe ihn nicht, gewiß nicht«, sagt der Onkel. »Oder – « er bleibt schon wieder stehen und dreht sich nach der jungen Frau um, »waren da nicht Leute dabei? Ziemlich viele Leute?« Und halb zu Peter gewandt: »Ganz richtig, da waren Leute dabei, ich erinnere mich.«
»Wir haben ihn alle sehr gern hier«, sagt die junge Dame. »Er ist immer noch solch ein Herr.«
»Das war einmal«, sagt der Onkel mit einem schwachen Zwinkern. Sie sind bei Peters Mietwagen angekommen, aber Peter hat den Onkel ausreden lassen müssen, bevor er bitten kann einzusteigen. Der Onkel hält der jungen Dame den hinteren Schlag offen, aber als sie ihn auffordert, vor ihr einzusteigen, gehorcht er hastig und stößt sich dabei erst die Schulter, dann den Kopf.
»Pas de quoi, Mademoiselle«, sagt er. »C'est comme toujours. Vous me connaissez.«
Während sie den Straßennummern nach Utica folgen, Peter am Steuer, die beiden hinten, flüstert der Onkel unaufhörlich mit der jungen Dame. Wahrscheinlich denkt er, daß er entführt werden soll, daß Peter eine neue Art von Arzt ist, der etwas von ihm erwartet, das nicht zu leisten ist.
Peter fällt es leichter als auf der Herfahrt, von den bunten Baumgruppen abzusehen, seine Augen auf der Straße zu lassen. Er fährt trotzdem sehr langsam, läßt sich überholen, sein Griff am Steuer kommt ihm angeberisch vor. In Utica fahren sie an dem Bürohaus

vorbei, in dem der Onkel gearbeitet hat. Ein Redbrick-Haus im neuenglischen Stil; das Sonnenlicht hat die unteren Stockwerke bereits verlassen, die weißen Fensterumrandungen leuchten, als wäre es schon Nacht. Vierzig Jahre seines Lebens, aber der Onkel gibt kein Zeichen.

»Weißt du noch? In deinem Auto habe ich meine erste Ausfahrt gemacht, nach dem Krieg. Du hast es nach Europa mitgebracht. Ein Studebaker.« Peter sieht sich mitten im Stadtverkehr nach dem Onkel um. Der lacht lautlos wie über einen guten Witz. »Ja, ein Studebaker«, sagt er dann. »Das ist sehr freundlich von Ihnen.«

Das Restaurant, in dem die junge Dame, auf Peters Bitte, einen Tisch reserviert hat, ist keins der feinen und so gut wie leer, nur die Lautsprecher lassen etwas wie Leben in den Raum tröpfeln. Eigentlich ist es nur die Cafeteria zu einem Kino, dessen Toilette der Onkel, wie er der jungen Dame zuflüstert, aufsuchen muß. Es ist dann, nach einem Wink hin und her, Peter, der seinen Onkel hinausbegleitet, durch die leere Kassenhalle des Kinos. Die Anlage ist unübersichtlich, aber der Onkel macht Peters Irrgänge durch allerhand Korridore freundlich mit. Am Ende zeigt es sich, daß man nur durch den Vorführraum zu den Toiletten gelangt. Hinter den halbhellen Sesselreihen bleibt der Onkel einmal stehen und sagt: »Hier bin ich noch nie gewesen. Nein. Aber es ist auch schön.« Und als Peter nickt, legt ihm der Onkel die Hand auf den Arm. »Sie kommen aus der Schweiz, bien sûr?« fragt er. »Mais oui, mais oui. Es ist hier nicht wie in der Schweiz. Nicht alles ist so. Finden Sie nicht?«

Peter dreht sich um. »Möchtest du wieder in die Schweiz zurück, Onkel?« fragt er.

»Oh, die Schweiz«, sagt der Onkel zum erstenmal in Schweizer Mundart. »La Suisse. Da bin ich auch gewesen.«

»Ja, da bist du gewesen«, sagt Peter, »sogar, als ich schon auf der Welt war. Da bist du aufgewachsen. In Elgg.«

»Elgg!« lacht der Onkel. Dann scheint er den Samtvorhang zu betrachten, durch dessen Spalt ein Stück Leinwand starrt. »Was hatten wir für einen langen Schulweg«, sagt er. »Auch im Winter. Es war zuviel, für Kinder. Viel zu lang.«

»Ich soll dir Grüße bringen. Von Erich, meinem Vater. Deinem Bruder.«

»Ja, Erich, der!« sagt der Onkel. »Kennen Sie ihn?«

»Ich wohne doch auch in Winterthur«, sagt Peter nach einer Weile.

»Winterthur! Kennen Sie es?«

»Nicht so gut wie du, Onkel, du bist da doch ins Technikum gegangen.«

»Das kennen Sie alles«, sagt der Onkel. »Das kennen Sie also auch. Es ist sehr freundlich von Ihnen, daß Sie sich um all das kümmern.«

»Komm«, sagt Peter. »Das Fräulein wartet auf uns.«

Wie er den Onkel beim Arm faßt, schlüpft der alte Mann beinahe eifrig in diesen Griff; er schmiegt sich ja an, denkt Peter. »Schau, dort«, sagt Peter. »Ich warte.«

Er sieht zu, wie der Onkel die Toilettentür, obwohl es eine Schwingtür ist, sorgfältig hinter sich zuzieht. Alle Vierteljahre schickte der Onkel damals einen Scheck aus Amerika, der umgewechselt für die Familie Peters – die Mutter war gestorben, als er sieben Jahre alt war – eine fabelhafte Summe ergab. Eine dreistellige Zahl, mit fast fünf zu multiplizieren! Und bei seinem ersten Besuch in der Schweiz, nach dem Krieg, hatte dieser Onkel Peter eine Armbanduhr gekauft und ihn durch die amerikanische Melodie seiner fast verlernten Mundart beeindruckt. Nach jedem Besuch dieses Onkels hatte Peter eine Weile das »Ja-a« so gedehnt ausgesprochen wie ein Amerikaner und sich in der Schule Spott dafür geholt. Aber er blieb dem Tick treu, ein paar Wochen; der Onkel mit seiner Macht aus Übersee war dann etwas weniger verschwunden.

Jetzt erscheint er wieder unter der Toilettentür und blickt sich um.

»Ah!« sagt er, als ihm Peter zwei Schritt entgegengeht.

»Du bist noch offen, Onkel«, sagt Peter. Der Onkel macht einen kleinen Ruck mit seinem Kopf und betrachtet Peter, als wäre etwas sehr Lustiges geschehen. Dazu ordnen seine Finger krampfhaft die Knöpfe an seiner Hose, es geht nicht; dann dreht sich der Onkel halb weg und arbeitet heftig, etwas gebeugt, für sich.

Beim Rückweg durch das Kino sagt der Onkel wieder auf Englisch: »So ist es leider.« Dann faßt er sich mit beiden Daumen an die Jacke. »Gefällt sie Ihnen? Ganz solid. Der kann etwas aushalten«, sagt er und reibt das Revers zwischen Daumen und Zeigefinger. Sein Gesicht leuchtet vor ängstlicher Freude. »Ich bin froh«, sagt der Onkel. »Sehen Sie die Taschen.« Er öffnet sein Jackett. »Hier, und hier, und hier«, sagt er.

»Komm bitte«, sagt Peter.

»Es macht nichts, nicht wahr«, sagt der Onkel, zutraulich.

»Es macht nichts, Onkel«, sagt Peter. »Hast du ein wenig Hunger?«

»Habe ich Hunger?« fragt der Onkel stehenbleibend. »Ein wenig Hunger? Vielen Dank.«

In diesem leeren Raum hätte man keinen Platz zu reservieren brauchen. Die junge Dame zieht sich die Lippen nach. Sie fährt damit fort, während sich der Onkel und Peter setzen. Mit einer Kopfbewegung zeigt sie auf die Karte, die auf dem Tisch liegt. »Etwas leicht Verdauliches für ihn«, sagt sie mit eingeklemmten Lippen. »Ein Steak vielleicht.« Und räumt ihre Instrumente weg, daß das Schloß des Täschchens schnappt.

»Jetzt habe ich meine Brille nicht da«, sagt der Onkel und nimmt die Karte vom Tisch, ohne sie anzusehen.

»Ja, er darf seine Brille wieder haben«, sagt die junge Dame.

»Hier gibt es ein Curry-Gericht«, sagt Peter nach einem Blick auf die Karte.

»Nichts für ihn«, sagt die junge Dame.

»Worauf hättest du Lust, Onkel?« fragt Peter. »Du mußt dir etwas wünschen.«

»Hätte ich Lust?« fragt der Onkel, zu der jungen Dame gewandt. »Worauf hätte ich Lust?«

»Sie hätten sicher Freude an einem gut durchgebratenen Steak«, sagt die junge Dame.

Die Bedienerin ist an den Tisch getreten; erst blickt sie den Onkel an, der hin- und herrutscht, dann wird sie besonders freundlich. »Wir hätten heute guten gebakkenen Fisch«, sagt sie.

»Zu fett«, sagt die junge Dame. »Geben Sie ihm ein Steak, aber gut durchgebraten.« Peter sieht den Onkel an, aber der Onkel sagt nichts. Peter bestellt unter diesen Umständen auch ein Steak; die junge Dame besinnt sich lange, dann kommt sie doch auf den Fisch zurück, für sich.

Nachdem sie die Bedienerin verlassen hat, breitet sich Schweigen aus, das der Onkel als Störung empfindet; er greift sich immer wieder an das Tuch seines Anzugs.

»Sie haben einen schönen Anzug, Herr Shallenberger«, sagt die junge Dame. »Sie sehen zwanzig Jahre jünger aus darin.« Und zu Peter, im selben Ton: »Er glaubt es nicht, daß er wieder einen Anzug hat, eine Füllfeder und eine Uhr. In Fir Lodge gab es nur diese Anstaltskleidung. Man muß es verstehen.« Der Onkel streift seine Uhr ab und legt sie auf den Tisch. »Wir haben noch etwas Zeit, haben wir nicht noch etwas Zeit?« fragt er die junge Dame.

»Und wie!« sagt Peter. »Heute tun wir genau das, was du am liebsten tust, Onkel.« Der Onkel blickt auf Peter, nickt scheu, dann wendet er sich mit der Galanterie des Mannes, der einmal in der Welt gestanden hat, zu seiner Begleiterin und fragt: »Was wollen Sie, daß ich am liebsten tun soll? Hier bin ich noch nie gewesen. Bin ich hier schon gewesen?«

»Aber sicher sind Sie hier gewesen«, sagt die junge Dame, »hier kennen Sie doch jeden Baum, jedes Haus.« Sie lächelt Peter fest zu. »Und Ihr Neffe will Sie einladen, er will Ihnen eine Freude machen.«

Der Onkel starrt auf seine Uhr; dann zieht er sie wieder über sein Gelenk, ordnet die Manschette und blickt sich dazu schnell im Saal um.

»Du hast mir eine Uhr geschenkt, gleich nach dem Krieg, als du zum ersten Mal herüberkamst«, sagt Peter. »Weißt du noch? Eine Uhr mit schwarzem Zifferblatt. Sie war von der deutschen Luftwaffe bestellt worden. Aber als der Krieg zu Ende war, mußte sie in der Schweiz verkauft werden. Für mich war es trotzdem eine Fliegeruhr. Ich war sehr stolz darauf. Sie hat auch fünfzehn Jahre gehalten. Jetzt geht sie nicht mehr, aber ich bewahre sie immer noch auf.«

»So«, sagt der Onkel, »es ist sehr freundlich von Ihnen.«

»Zu Hause geht alles gut, und alle lassen dich grüßen, auch meine Frau und natürlich dein Bruder Erich. Sie wünschen sich sehr, daß du noch einmal herüberkommst in die Schweiz.«

»Es ist nirgends so wie in der Schweiz«, sagt der Onkel.

Die Bedienerin bringt den Kaffee; die junge Dame gießt dem Onkel ein, gibt Milch und Zucker dazu, so viel er haben darf.

»Daß Alice gestorben ist, weißt du ja«, sagt Peter, »das hat dir Erich geschrieben.«

»So sagt man«, sagt der Onkel. »Alice ist nicht gestorben. Sie hat sich gestorben.«

Peter, die Augen über der Kaffeetasse, vergißt zu trinken und begegnet eine Sekunde lang einem schadenfrohen Blick, der sich sofort wieder verliert. Dann nestelt der Onkel wieder seine Uhr aus dem Ärmel hervor. Peter schluckt.

»Du wolltest einmal Chirurg werden, weißt du noch, Onkel.«

»Daß Sie das wissen«, antwortet der Onkel ruhig, »woher Sie das nur wissen. Sie wissen alles, nicht wahr? Aber es reichte eben nicht zu Hause. Die Mutter – das ist etwas anderes. Aber der Vater. Der Vater wollte, daß wir gleich Geld nach Hause brächten. Darum –.«

Der Onkel bewegt ein paarmal die Lippen.

»Ihr habt es nicht leicht gehabt«, sagt Peter, »darum seid ihr ja auch weggegangen, Alice und du, nur der Vater ist zurückgeblieben.«

»Der Vater war ein unglücklicher Mensch«, sagt der Onkel. »Er ließ uns keine einzige Freude.«

Peter berichtigt das nicht, er hat seinen Vater gemeint, Erich; aber der Onkel kennt nur noch einen Vater.

»Ihr habt es dann alle wirklich weit gebracht«, sagt Peter laut und nickt dem Onkel zu. »Ich war immer stolz, einen Onkel in Amerika zu haben, auf dessen Visitenkarte ›General Manager‹ stand. Ich glaube, darum habe ich Englisch studiert. Ohne dich hätte ich ja nicht studieren können.«

»Der Schulweg war zu lang«, sagt der Onkel, »zu lang für Kinder. Das sollte man bedenken. Das sollte nicht sein. Der Vater kümmerte sich nicht genug um uns. Er hatte auch nichts vom Leben«, sagt der Onkel. Jetzt kommt das Essen auf den Tisch und unterbricht die Konversation einen Augenblick. Der Onkel sagt, auf seinen Teller mit dem Steak blickend: »Das sieht gut aus. Sieht sehr gut aus.« Der Onkel wartet, bis der Fisch der jungen Dame kommt, dann ergreift er Gabel und Messer. Noch einmal legt er beides ab. »Das sieht auch sehr gut aus«, sagt er, zu den Fischen der jungen Dame gebeugt, und dann ohne Übergang, auf seinen Schoß blickend: »Die Serviette ist zu klein, vielleicht. Sollte ich nicht eine größere Serviette haben?«

»Sie werden schon aufpassen, Herr Shallenberger«, sagt die junge Dame. »Sie können doch jetzt so gut aufpassen. Soll ich Ihnen das Steak zerschneiden?«

Der Onkel hört nicht mehr zu. Er beginnt mit Messer und Gabel behutsam Stücke von seinem Steak herunterzufeilen, winzige Stücke. Man weiß nicht, ist das Fleisch so hart, schneidet das Messer nicht oder fürchtet sich der Onkel vor einer unbeherrschten Bewegung. Jedem dieser Gabelbissen kommt er mit dem Gesicht bis fast auf die Höhe des Tellers entgegen und schluckt so unauffällig, als sei das Fleisch gestohlen. Dieser Onkel hat Peter zur ersten feinen Mahlzeit seines Lebens eingeladen, einer Hors-d'œuvres-Platte, die er von einem Wagen hatte auswählen dürfen, nachdem ihm der Onkel, besser als der Chasseur, die einzelnen Plättchen erklärt hatte; oft enthielten gerade die unscheinbarsten die eigentlichen Leckerbissen. Das wußte der Onkel. Er wußte Bescheid in der Welt.

Vor jenem Hors d'œuvre hatte Peter einen Pimm's Nr. 1 bekommen, sein erstes Getränk mit Alkohol. Das war im Flugplatzrestaurant, da gab es internationale Spezialitäten. Damals noch in Dübendorf. Und jetzt hatte er seinen Onkel zu einem zähen Steak eingeladen.

Der Onkel zeigt mit der Gabel auf sein Steak: »Das ist exquisit, ganz exquisit.«

»So etwas bekommen Sie bei uns nicht alle Tage, nicht wahr, Herr Shallenberger«, sagt die Dame mit ihrer schleppenden Stimme über ihren Fisch weg, mit dem sie schon so gut wie fertig geworden ist.

»Das eine ist viel besser als das andere«, sagt der Onkel behutsam. Dann zieht etwas wie Scham über sein Gesicht, und er beugt sich zu der jungen Dame hin. »Ich meine, das eine ist gut, das andere ist aber auch gut.«

»Es ist auch das richtige Restaurant«, sagt die junge Dame. »Nicht dieser dumme Luxus, dafür fühlt man sich ganz frei hier, nicht wahr.«

Eine verdammte Kantine ist es, denkt Peter, eine Abfütterungsstelle mit Kunststoffboden.

Der Onkel hat seinen Teller etwas weggeschoben, das Steak darauf ist nur an den Rändern etwas beschnitten, ein paar Pommes-frites fehlen, und der gemischte Salat ist unberührt.

»Es war präzis richtig«, sagt der Onkel.

Peter schluckt, aber die Fleischmasse in seinem Mund bleibt unveränderlich wie Holz. Er würgt mit Ge-

walt, um reden zu können. »Es gibt hier fabelhaften Dessert, Onkel«, sagt er, »ich habe es selbst gesehen. Vorhin auf dem Wagen. Etwa zehn Sorten Torte.«
»Ja, das ist das Richtige für ihn«, lächelt die junge Dame. »Jetzt müssen Sie sich aber etwas gönnen. Er ißt nie *mehr*«, sagt die junge Dame. »Auch bei uns nicht.«
Peter winkt den Patisserie-Wagen herbei. Der Onkel bekommt: ein Stück Fruchttorte mit einer doppelten Portion Schlagsahne, ein hellgrünes Pfefferminz-Jell-O und zwei Stück Blätterteiggebäck. Jetzt ißt er sehr hastig, er beugt den Kopf dazu so tief über den Teller, als lappte er ihn aus. Einmal glaubt Peter, daß er einen Tropfen in den Teller hat fallen sehen, es kann Speichel gewesen sein. Einmal blickt der Onkel auf und sagt kauend: »Hier bin ich noch nie gewesen. Bestimmt nicht. Ich kann mich nicht erinnern. Oder waren da Leute dabei? Waren damals diese Leute dabei?« fragt er die junge Dame.
»Essen Sie nur«, sagt sie und gräbt in ihrem Eis herum. »Essen Sie jetzt in Ruhe.«
Der Onkel richtet sich auf; der Teller ist leer. Dann beugt er sich wieder vor, um die paar Brosamen auf die Gabel zu schieben. Sie fallen immer wieder durch. Dann tupft er sie mit dem feuchten Finger auf.
»Wie gut, daß du einen solchen Garten hast, in Cherokee Manor«, sagt Peter. Der Onkel hatte früher einen gepflegten Garten um sein eigenes Haus; der blühte auf den ersten Farbfotos, die Peter zu Gesicht bekam, und der Onkel erzählte auch bei seinen Besuchen davon. Er brachte, als seine Frau noch lebte, jede freie Minute darin zu.
»Da hilfst du sicher oft mit im Garten, Onkel, in Cherokee Manor«, sagt Peter.

»Wie bitte?« fragt der Onkel und sieht Peter kurz und scharf an. »Tue ich das? Das tue ich nicht. Was meinen Sie dazu?« fragt er die junge Dame.
»Doch, er hilft Herrn Bebee manchmal beim Laubharken und Jäten, aber die Hauptsache ist, daß er Grünes sieht«, sagt die junge Dame. Es scheint, als wollte der Onkel antworten; dann preßt er den Mund zusammen.
»Möchtest du auch noch ein Eis?« fragt Peter. »Du mußt doch wieder stark werden.«
Der Onkel mustert ihn feindselig. »Ja, ja«, sagt er »Ein Eis«, fährt er wieder sehr verbindlich fort, »es war alles ganz ausgezeichnet.« –
»Wir gehen jetzt«, sagt der Onkel, »es ist sehr angenehm hier, nicht wahr.«
Peter verlangt die Rechnung, sie haben billig gegessen; er begleicht sie an der Kasse; durch die anstoßende Halle gehen die ersten Kinogäste. Der Onkel hilft der jungen Dame in ihren hellen Regenmantel. Er trägt selbst keinen Mantel, wie früher.
»Du hast einen Studebaker gehabt, Onkel«, sagt Peter, als er den beiden die Wagentür öffnet.
»Haha«, sagt der Onkel, »haja.« Er räuspert sich. Diesmal stößt er nirgends an.
Sie nehmen einen andern Rückweg, den die junge Dame als reizvoll geschildert hat, über Land mit Feldern von geerntetem Mais und dürren Sonnenblumenstrünken, durch die ein starkfarbener See blitzt, und durch weiße Holzdörfer mit klassischen Portalen. Die Sonne ist gerade noch als roter Mond zu sehen, die Herbstlaubbäume scheinen vor grünlichem Himmel wie früh entzündete Abendlichter. Der Onkel ist in der Ecke des Hintersitzes eingenickt, er genießt es nicht. Die

junge Dame dirigiert Peter bei jeder Kreuzung flüsternd in eine neue Gegend voller Reize hinein. Die trockenen Blutflecke des Sumach blühen über der mürben, nie gemähten Streu der Straßenborde aus der Halbwildnis; eine Landschaft für Indianer.

»Es geht ihm besser«, sagt die junge Dame. »Sie hätten ihn vor drei Wochen sehen sollen, als er zu uns kam.«

Endlich knirschen die Räder auf dem Kies des »Hotel«-Vorplatzes; der Onkel ist erwacht. Man merkt es daran, daß sein Atem geräuschlos geht, aber er sitzt ganz still.

»Also dann«, sagt Peter und hilft beiden aus dem Fonds des Mietwagens. Die junge Dame sagt zum Onkel: »Gleich können Sie sich richtig zur Ruhe begeben.« Sie stehen vor der Porch mit ihren dorischen Kapitälen. Peter gibt der jungen Dame die Hand. Dann gibt er dem Onkel ein verschnürtes Geschenkpaket; eine Spezialität aus der Heimat. »Das darf er«, sagt die junge Dame. Der Onkel blickt auf seine Hände mit dem Paket darin. Die junge Dame nimmt es ihm ab.

»Jeden Abend eins davon«, sagt sie. »Wir wollen lange daran haben, wollen wir nicht. Vielen Dank, sagen Sie Peter vielen Dank. Es war ein so schöner Abend. Peter ist so weit hergekommen, um Sie zu sehen.«

Peter hebt die Hand gegen die Schulter seines Onkels; dann spürt er, wie er selbst herangezogen wird. Die borstige Wange des Onkels preßt sich gegen seine Wange. Der Arm des Onkels um Peters Schulter drückt, dann bekommt Peter einen harten Kuß auf jede Wange. Einen Augenblick zu lang bleibt der Onkel in Peters Arm. Aber dann steht Peter allein, und das Fräulein führt den Onkel, der auch allein gehen kann, zur Tür. Sie zieht erst die Moskitogitter-Tür auf, dann die massive, und dreht sich, um Peter nochmals zuzuwinken. Der Onkel aus Amerika aber geht, als würde er immer noch geführt, mit etwas eingezogenem Kopf in das Haus, eigentlich nur eine Bude unter dem zu großen Himmel.

Immer noch Morgen

Er erwacht an einem Gefühl der Unlust: der Tag ist ihm gestohlen, bevor er angefangen hat. Es ist wieder passiert; er stößt die Hände von seinem Körper weg und dreht die Handflächen nach außen. Er sieht nach der Uhr, dem Batteriewecker, den ihm Pat geschenkt hat, weil er bei Ticken nicht mehr einschlafen kann. Er verträgt nicht einmal mehr seine Armbanduhr im Zimmer. Er ist schon mit dem Ohr auf ihr Ticken gestoßen, ohne es wiederzuerkennen: aus einer echolosen Tiefe pulste ihm eine heftige Nachricht entgegen, ein Lispeln wie ein Befehl, der immer dringender wurde und nicht zu entziffern war, als poche da ein Science-Fiction-Herz auf Ablösung des seinen, das in der Dämmerung des Entsetzens zu jagen begann. Er darf die Uhr nicht mehr unters Kopfkissen legen ... Die Verschwörung der Dinge beginnt, sich um ihn zu schließen. Was er am meisten fürchtet, ohne es zu kennen, rückt ihm näher auf seinen Leib, der neuerdings fremdartige Symptome produziert: Druckgefühl in der Lende, ein Taubwerden der halben Lippe, hemmungslosen Hunger. Der neue Wecker ist häßlich, jedoch nicht zu hören, nicht einmal in der Einbildung. Er braucht aber auch nie zu wecken, nur einmal im Tag anzuzeigen, daß es zu früh ist zum Aufwachen, schon wieder viel zu früh. Kaum sechs Uhr, und die Jagd schon wieder im Gange. Nochmals an Einschlafen zu denken, scheucht die letzte Ruhe aus den Gliedern. Der Tag liegt grau und in Stücken auf dem Fußboden; niemand wird ihn aufheben.

Es ist wieder passiert. Einer dieser nassen Träume, die ihn häufiger ankriechen, seit Clemens und Afra im

Haus sind, mit ihnen aber nichts zu tun haben, so viel er weiß. (Sie haben über seine nassen Träume geredet, das gehört zu den Regeln der Hausgemeinschaft.) Karl kann sich nicht mehr an das zugehörige Traumgesicht erinnern, nur an irgendeine schwache Klemme, die ihn zwang, eine voreilige, beschämende Lust zu empfinden. Dann fiel wieder Leere ein, er tauchte nochmals unter und wußte bereits als er nichts mehr wissen wollte: das reicht nicht weit. Jetzt liegt er böse wach in einer Wärme, von der er etwas wegrückt, so vorsichtig, daß er selbst merken muß: er rückt von Pat weg.

Er denkt mit Haß an seinen traumverlassenen Schlaf, mit Ungeduld an das Schlafknäuel im nächsten Zimmer, das sich Tag für Tag erst gegen neun Uhr auflöst, herumgähnt, trödelt, die Unordnung im Haus unverbesserlich macht. Clemens geht nie mehr vor zehn Uhr in eine Vorlesung, Afra betäubt sich mit Schlaf. Sie hält sich schadlos für die Gespräche, die Tag für Tag ihre Unsicherheit »thematisieren.« Ihre theoretische Natur billigt diesen Aufwand, ihre praktische sabotiert ihn oder spottet darüber. Immer wieder unterläuft sie die Rolle, die Clemens ihr zugespielt hat, um mit seinen Eifersüchten fertigzuwerden. Karl graut es vor dem Wust von Gesprächen, die heute, zur Korrektur der Gespräche von gestern, auf sie zukommen müssen, Knäuel von Ersatz-Stoff, den man beim Frühstück zu spinnen beginnt. Und bis dieses Frühstück kommt, für das ihm jetzt schon der Appetit fehlt (fressen, fressen würde er später, ungesehen), hat er noch zwei oder drei Stunden zu verlieren.

Immer öfter hat er sich sein eigenes Frühstück bereitet, um nicht auf den leeren Magen zu rauchen, ist noch mit einem Buch am Küchentisch sitzen geblieben und hat sich beim ersten Lebenszeichen der andern verkrochen, in sein Atelier, das er selbst als das sogenannte bezeichnet. Dort ist er den Vormittag geblieben, hat seine Zeit damit totgeschlagen, sich *nicht* blicken zu lassen. Die Störungen sind um so ärgerlicher gewesen, als er nichts getan hat, wobei man ihn hätte stören können. Er hockt in seinem Sessel, der so aussieht, wie er sich früher einmal den Ledersessel eines Künstlers vorgestellt hat, und liest sein Buch weiter. Er kennt es auswendig, es sagt ihm nichts mehr, er redet abfällig über den Autor, aber er hängt daran wie an einem Jugendlaster. Er hütet sich davor, Autoren zu lesen, von denen er eigentlich mehr hält. Sein Problem ist, daß er im Grunde alles *möglich* findet, was er liest, nur gibt es Autoren, die ihn stärker als andere an seine Pflicht mahnen, selber ebenso bedeutend zu sein. Das erträgt er am Vormittag noch nicht. – Und wenn die Duschgeräusche oben laut genug sind, um seine Schritte zuzudecken, dann stiehlt er sich die Zeitung aus dem Briefkasten, auf die er gierig gewartet hat, schleicht in seinen Raum zurück und liest mit dem Rücken zur Staffelei den ganzen Morgen Zeitung, knackt mit der linken Hand Schokolade und ist beinahe stolz darauf, wenn er, immer fressend, Halt macht vor dem letzten Riegel oder sich eine Inseratenseite schenkt. So sehen die Triumphe seines Willens aus. – Vielleicht haben sich die andern so lange gefragt, was er treibt, das schafft ihm eine Art Befriedigung, deren er sich ebenfalls schämt. Sie hätten aber auch ein einziges Mal deutlich zeigen können, daß sie ihn vermißten, man *zeigte* sich doch sonst die lächerlichsten Bedürfnisse, das war so ausgemacht ... vielleicht wäre es ihm dann wieder einmal gelungen zu malen. Er wollte ja nichts Gewaltiges malen, darüber war er hinaus, im Gegenteil: *beiläufig*, handwerklich zu malen, wäre seine Idee gewesen. Da hätte ruhig mal einer hereinschauen können, Karl wäre seiner Sache so sicher gewesen, daß dieser Jemand von selbst bemerkt hätte, daß man einen, der am Schaffen ist, nicht aufhalten soll. Aber ihn aus Neugier ein wenig stören, wenigstens festzustellen, ob er grade eine Pause machte, so viel hätte ihnen einfallen dürfen.

Und zu alldem kann Pat schlafen.

Seit sie zusammenwohnen und das gröbste Einrichten hinter sich haben, das sie, nicht immer mühelos, als Spaß behandelten, sind sie ein Perpetuum mobile schlechten Gewissens geworden. Es nimmt nicht ab, wenn es »verbalisiert« wird, im Gegenteil. Auch dabei scheint ein Wettbewerb stattzufinden, wer der wirklich Selbstkritische, oder beim Entdecken eigener Rückstände der Findigste sei. Eine unklare Erwartung, über private Schatten zu springen, zu *anders* gemeinsamen Handlungen überzugehen, liegt in der Luft und macht sie schwer zum Atmen. Dabei immer der Verdacht, daß die Hemmung von Karl ausgeht; vermutet er es laut, so widerspricht ihm niemand zufriedenstellend, nicht einmal Pat. Vielleicht hat er die Hemmung nötig, um sich schuldig fühlen zu *dürfen*, seine Rückzüge zu dekken, vielleicht will er wirklich, wie Clemens meint, die andern mit seinem Rückzug dafür strafen, daß sie ihn nicht dominieren lassen . . .

Er wirft verstohlen einen Blick auf Pat, die Schläferin; sie schläft von ihm weg, wie seit Anfang ihrer Ehe, atmet ihm etwas zu unhörbar, möglicherweise ist sie wach und sucht es ihm zu verbergen, oder sich selbst. Sie braucht neun Stunden Schlaf, gestern haben sie bis zwei Uhr geredet, mein Gott, Pat wird bis elf Uhr schlafen müssen. Kinderhaß und -neid steigt in ihm hoch, er ist ein Einzelkind gewesen, seine Eltern ließen ab und zu einen Schulkameraden bei ihm schlafen, im unheizbaren Gastzimmer, er wünschte es, obwohl er wußte, daß er seinem Wunsch nicht gewachsen war. Er wartete auf den vereinbarten Abend wie auf einen festlichen Schrecken, und wenn er dann kam und das Nebenbett bewohnt war, meldete sich hinter jedem ausgetauschten Satz, jedem nervösen Gelächter die Angst, nicht einschlafen zu können, nie mehr. Sie redeten sich im halbdunklen Raum die Köpfe heiß, bis der andere keine Antwort mehr gab; dann war der Schrecken, mit einem gelben Streifen Straßenlicht an der Wand zusammen, da. Stunde um Stunde, von einem Viertelschlag der Glocke zum andern, kämpfte er mit ihr, er setzte sich Fristen, bis ein Uhr, bis zwei Uhr. Plötzlich faßte ihn Panik vor der Zeit, die ihm da gestohlen wurde, vor einer unfaßbaren Bedrohung hinter der Zeit, er kroch aus dem Bett, tappte hinunter zu seinen Eltern, hatte er nicht eben noch keine Eltern mehr gehabt?, weckte sie, laßt mich in *meinem* Zimmer schlafen, sagte er mit hartem kleinem Gesicht, laßt mich in mein Zimmer! als ob es die Eltern gewesen wären, die ihn vom Leben ausgesperrt hätten. Erst wenn er in seinem, seinem Bett lag, konnte er sich räkeln, beschämt und schadenfroh an den Freund im Gastzimmer denken, ohne vor Neid zu zittern; dann hatten die Stundenschläge keine Gewalt mehr über ihn. – Und schon damals war er früh erwacht, früh genug, um ins schon helle Gastzimmer hinaufzuschleichen (was sage ich, wenn er mich vermißt hat? ein neuer Schrecken ...), an der geplusterten Decke vorbei, die den offenbar arglosen, nicht mehr gefährlichen Freund verbarg, es war wieder der Freund ... vorbei ins ausgekühlte Bett, das er bezog wie ein Dieb. Er hatte ein Buch mitgenommen, ein *gutes* Buch, von dem er erstaunt aufblicken konnte, wenn der andere erwachte und fragte: liest du schon? – Schon lange, konnte Karl sagen, du bist komisch, du schläfst ja noch wie ein Kind. – Endgültig gerettet fühlte er sich erst, wenn der Freund wieder aus dem Haus war. – Warum kann er solche Geschichten nicht *malen*?

Sie haben darüber geredet, sie sind sich ja einig, daß er ein Problem hat, er besteht selbst darauf. So beschissen ist meine Sozialisation gelaufen, hat er gesagt, ich konnte es nicht aushalten, wenn der andere *ruhig* schlief, er nahm mir *meinen* Schlaf damit. Ich hatte Eigentumsängste daß Gott erbarm, ich muß schwer zu kurz gekommen sein. – Ist es besser geworden, hat Afra gefragt, hast du bei Pat ruhig schlafen gelernt. Afra spricht keine Fragezeichen, sie scheint den Frageton nicht zu kennen, ausgerechnet sie tut so, als verstehe es sich von selbst, daß man bei einer *adäquaten* Haltung ankommt. – Kunststück, hat er gesagt, Pat ist ja *meine* Frau. Mit meinem Plüschhund habe ich auch immer schlafen können –

Hier hat ihm Pat einen kurzen Blick gegeben, eine Erinnerung, daß sie sich, in der Frühzeit ihrer Liebe, manchmal Tiernamen gegeben haben. Sie ist über das Gefühl noch nicht hinaus, daß wir eine Intimsphäre haben sollten, ein Stück unberedetes Eigentum. Ob dieser Blick nun zu ihren gemeinsamen Anstrengungen paßt oder nicht, er hält sich daran fest, der Blick ist ein Trost, zugleich macht er Angst: der Blick *erinnert* nur noch an Vertrauen und nimmt etwas davon zurück.

– Das hat er ausgesprochen, auch das. – Seit ihr im Haus seid, schlafe ich wieder schlecht.
Das müssen wir unbedingt ändern, hat Clemens gesagt. – Dazu müßtet ihr schon wieder ausziehen, hat Karl geantwortet, er weiß nicht, ob ironisch genug. Es fällt ihm auf, daß er »ihr« sagt, immer öfter, und auch Pat damit meint. Pat, die die Wohngemeinschaft doch auch nicht *genießt,* scheint immerhin bereit, damit zu leben. Im stillen hat er auf ihre Ungeduld gezählt, vielleicht würde sie durch einen kleinen Zusammenbruch Tatsachen schaffen, hinter denen er sich verstekken konnte, der von der Schwäche seiner Frau gerettete Hausherr. Sie tat ihm den Gefallen nicht. – Es muß dir einfach klar werden, daß du keine Defensive nötig hast, hat Afra gesagt, das ist doch nicht der Sinn. (Gehört hatte er: daß Defensive nutzlos ist.) Schön, schön, Afra. Ihr werdet mich nochmals zwingen, den Mann zu spielen, den spießigen Mann.
Er liegt noch in Reichweite von Pats Wärme, die, wenn er sich nicht täuscht, wieder Schlafwärme ist, genügsam und unbefangen; jetzt kann er an sie denken, ohne sich dabei ertappt zu fühlen. Pat ist im vierten Monat schwanger, das scheint sie gegen Spannungen unempfindlicher zu machen. Sie beteiligt sich selten an der Gruppen-Analyse, jedenfalls dann nicht, wenn das, wie meistens, zur Analyse ihres Viererverhältnisses führt; nur über Erziehung redet sie mit: was da alles schief laufen kann, bei andern. Sich selbst scheint sie auch dann nicht einzuschließen, wenn sie von ihrer eigenen Jugend spricht, die unbehütet, aber glücklich war, eine Kombination, die sich die andern nicht vorstellen können und die Karl an ihr geliebt hat ... Wenn Pat über Kinder mitredet, häkelt sie dazu und bietet ein

Bild stiller Provokation, es gelingt Afra nicht immer, ihr Ressentiment gegen eine immunisierte Schwangere im Zaum zu halten, gegen diesen Schein von Überlegenheit, der ein Werk der Hormone ist. Dann spricht man auch *darüber*, es soll einfach hier nichts geben, was sich einfrißt. Pat bleibt, ohne bösen Willen, störrisch gegen Aufklärung. Dann fühlt sich Karl wieder an ihrer Seite, kann sich stark machen für ein Schweigen, das zum Menschen gehört und das die Jüngeren noch nicht kennen . . .

Auch über die Malerei wird er nicht mit sich reden lassen, am wenigsten darüber, daß es sie nicht mehr gibt. Weil er weiß, daß sie von seinen Bildern nicht viel halten? Clemens sagt es rücksichtsvoller: er verstehe nichts von Bildern, habe kein Verhältnis dazu. O ja. Aber die Tapies-Ausstellung hat er besucht, er hat sogar einen Abend lang davon geredet, und das hat weh getan. Es gibt Kunst, die für die andern in Frage kommt. – Mag Karl denn seine Bilder selbst? Er weiß nie, wie *notwendig* sie sind; ob sie das wirklich enthalten, was er in ihnen sucht. Die Art, wie sie entstehen, ist nicht zwingend, obwohl ihn bei einzelnen Strichen die Ahnung von etwas nie Dagewesenem erfüllt, als Möglichkeit – ist sie denn nur für seine eigenen Augen zu sehen? Warum muß immer *er* für seine Bilder reden, warum tun sie es nicht selbst? Manchmal kommt er sich einfach als Opfer seiner Intelligenz vor. Dümmeren Leuten ist es ja gegeben, von dem durchdrungen zu sein, was sie machen, und damit andere zu überzeugen. Sie lassen dem Betrachter mehr zu tun übrig, und das wird dann dem Künstler gutgeschrieben . . . Wie grau ist er sich an diesen Vernissagen vorgekommen, trotz dem roten Cord, den er aufgetragen hat – grau in seiner eigenen Ausstellung, der bisher einzigen, der voraussichtlich letzten. Freundliche Kritiken dritter und vierter Leute, die seine Delikatesse in vagen Worten loben, man läßt ihm die Freude am Malen, und so ist es keine Freude mehr ... und wohl nie eine gewesen, sondern etwas ganz anderes. *Gut sein wollen* ... Karl wäre nur allzu gern gut gewesen; und das findet er jetzt selbst nicht mehr genug.

Sein Erbe reicht noch knappe drei Jahre, wenn weiter so gehaust wird ... kein Vorwurf. Sie teilen sich ja ein, es ist nur überwiegend *sein* Geld, das sie einteilen. In drei Jahren hat Clemens sein Examen und wird in einer Gruppenpraxis arbeiten, Afra wird für ein Kinderhilfswerk reisen, sie wird dieses Indien endlich schaffen, das ihr immer vorschwebt ... Pat ... wird dann wohl noch bei ihm sein (?) ... richtig, und einen mehr als zweijährigen Sohn wird es geben (warum keine Tochter?) ... das eigene Kind im endgültigen Eigenheim ... das man sich dann gar nicht mehr wird leisten können. Und er? Er sieht sich nicht, schon den nächsten Tag sieht er nicht mehr genau ... was kann ihm denn noch Ungeheures genommen werden? Wenn die Plünderung wenigstens durch die ganze Welt ginge, die Destruktion alles übrige auch durchdränge ... Auf einen allgemeinen Ausnahmezustand hoffen, der die eigene Unsicherheit gleichgültig macht, überholt ... sag es dir doch laut: Krieg ...

Drei Jahre noch und bisher keine Krankheit, die auf Zerfall deuten würde. Das Banale wird geschehen, seine Mittel werden sich erschöpfen, und er wird halt immer noch da sein. Karl. Wer? – Vielleicht ist diese Wohngemeinschaft eine Art Buß-Übung. Wofür? – Warum läßt er sich diese Unbequemlichkeit zu viert nicht nur gefallen, sondern hat sie gesucht ... wie eine Droge? »Die andern« – müssen sie ihm eine Zeit vertreiben helfen, die er schon verloren gibt, ist *er* es, der sich an »die andern« klammert ... um jeden Preis? Hält er sie hin wie ein Kind, das nicht zu Bett gehen kann, seine Besorger erpreßt, damit sie auf kein Fest gehen ... neidisch auf eine Zukunft, die ihm nicht gehört, an der er nur mitschmarotzt? Will er am Ende nur wissen, *wie es die andern machen* ... hier stellt sich eine Erinnerung an kindliche Körperneugier ein, deren er sich als Erwachsener noch schämt, also ist er nicht weitergekommen ... Wäre es möglich, daß er »die andern« gar nicht in Kauf nimmt, sondern daß er sie *bezahlt* –

Drei Jahre Frist. Angst vor dem Alleinsein eines noch jungen Mannes –

Angstschweiß. Seine Kehle ist zu, er räuspert sich, nicht ganz unhörbar. Die Stille seiner Frau wirkt wieder anders auf ihn, *lauernd.* Hinaus jetzt, aber wohin? *Tag machen* ...

Er hat verkündet, man müsse die Kleinfamilie an der Wurzel sprengen, bevor sie ihre Zwänge ausbilden könne. Ein Jahr lang hat *er* das Haus gesucht, in dem es sich zusammen leben lassen würde. Pat und er mit vier bis sechs befreundeten Paaren. Es war an kein großartiges Experiment gedacht, nur an Erleichterungen, mit denen man falschen Gewohnheiten vorbeugen, Zeit gewinnen kann. Wozu sollen drei Hausfrauen wie du an drei Herden stehen und dreimal schnell Ravioli braten ... und wenn Kinder da sind, dreimal einzeln mit ihnen gefangen sein ... sich aus reinem Selbstschutz zurückentwickeln zu niedrigen Lebewesen ... voller Ressentiment, das dann mit sogenannter Grazie unterdrückt werden muß, aber bei der ersten Panne durch-

schlägt in diesem schrecklichen Hausfrauen-Sopran? Er stellte es immer so dar, als wäre vor allem an die Frauen gedacht –
Pat brauchte gar nicht zuzustimmen. Es verstand sich von selbst, daß sie das theoretisch ganz richtig fand, das einzig Mögliche. Schließlich genügte auch ihr ein Blick auf ihre verheirateten Bekannten, die so nachweislich die *falschen* Probleme hatten. Es war einfach eine Frage der Menschenwürde, wenn man diese Wohnerei in etwas weniger Putziges und Einsames überführte. Unter Menschen durfte das Zwei-Eck, diese absurde Ehefigur, nicht mehr wahr sein ... an sich selbst dachte er weniger dabei, oder nicht? Es verstand sich doch, daß ein Mann, der schafft, seine tägliche Korrektur durch die Gruppe braucht, wenn die Arbeit nicht verkümmern soll. Soziale Experimente sind jetzt ohnehin wichtiger als ästhetische. Wir sollten da nicht gleich von einem Kollektiv reden, die Lernprozesse wollen erst abgewickelt sein, sehen wir einfach, was daraus wird, lernen wir unsere Bedürfnisse erst mal echt kennen – Gerede.
Und jetzt liegt er im Ehebett, getraut sich nicht, den Tag zu beginnen, und glaubt ganz deutlich das Summen des elektrischen Weckers zu hören. Wenn dieses Gesumm sich festfrißt ... Was ist schiefgegangen, wo kommen die nassen Träume hergekrochen, woher diese Abneigung gegen die Ruhe seiner Frau? Wie kann sie so gefühllos schlafen, während er so hoffnungslos ist? Wo sind die menschlichen Reflexe geblieben? Er will jetzt einfach Trost. – Mit den andern über dieses Aufwachen reden? O ja, das könnte man, und wie. Hier kann über alles geredet werden. Aber er will einfach gestreichelt sein, er braucht jemanden, der ihn *gut* findet, unbesehen –

Lieber nicht, es wäre ihm zu peinlich, es würde die Verschwörung der Wahrheit nicht aufhalten, ihren Schrecken nur tiefer machen, hoffnungsloser. – Warum kann er nicht einmal Trost *genießen*? Warum muß die Wahrheit, seine Wahrheit, immer schrecklich sein?

Ja: weil sie es ist. Er nimmt ihr nichts mehr weg, und es ist nichts mehr dazuzutun.

(Ehrliche Rückfälle sind nicht verboten. Nur keine Hehlerei, keinen Affektstau, keine Selbstzensur, das führt zu Übelnehmerei, Gefechten an falschen Fronten, Szenen, die nicht meinen, was sie sagen, und umgekehrt. Nur keine Rationalisierungsattrappen: stehen wir zu unseren Schwierigkeiten, wenn wir sie haben, sie sind keine Schande.)

Gut und recht, Clemens, aber meine Schwierigkeiten sind *unheilbar*, ich bilde mir nichts darauf ein, ich rede nur von Tatsachen, ich kann sie nicht in Gemeineigentum überführen, meine Misere gehört zu mir, ist nicht von mir zu trennen, ich kann mir nicht helfen, ihr könnt es auch nicht, und im übrigen kommt mir dieser Aussprache-Optimismus allmählich kindisch vor, ahnungslos, unverschämt, sind wir denn eine Bekenntnis-Gemeinde, ich kann nicht jeden meiner Widerstände gleich vermarkten, Widerstände sind meine Produktionsmittel, Einsamkeit muß ich tragen, wenn ihr mich anders wollt, als ich bin, könnt ihr nämlich gehen ... nur, um Gottes Willen, verlaßt mich nicht.

Er hat dieses Haus gefunden. Es wurde ein Reihenhaus in einer wenig befahrenen Vorortsstraße, nachdem es beinahe eine Mühle aus dem 17. Jahrhundert, dann ein gut proportioniertes, leider baufälliges Bauernhaus geworde wäre. Die Mühle scheiterte an ihrer Abgelegenheit und daran, daß die Investitionen, die ihre Renovierung gekostet hätte, im Fall eines Scheiterns der Wohngemeinschaft nicht mehr herauszuziehen gewesen wären, besonders wenn der Heimatschutz noch mitgeredet hätte – das war dem jungen Physiker-Ehepaar zu riskant vorgekommen, mit dem man gerechnet hatte, das aber seinerseits mit einem Umzug nach Amerika rechnete. Am Bauernhaus hingen einige Ökonomiegebäude und so viel Umschwung, daß die Interessenten hätten auf Landwirtschaft umsatteln müssen, und als Landkommune sahen sie sich nicht ... So hat man, um ein Ende zu machen, auf dieses mittelständische Haus zurückgreifen müssen, zugegriffen mußte werden, sollte das Projekt nicht als Anekdote enden. Die Interessentengruppe hatte sich halb verlaufen, sie war immer ein wenig zufällig gewesen, gegründet auf angenehme erste Eindrücke und politisches Einvernehmen bei Vernissagen und dergleichen. Es blieben, als das Reihenhaus zur Diskussion stand, außer ihnen nur noch ein junger Kulturredakteur und seine Frau übrig, die es dann doch nicht über sich brachten, ihr Bijou in der Altstadt mit einer Wohngemeinschaft im Vorort zu vertauschen. Karl aber hat sein Erbe, das bisher in einem Renditenhaus angelegt gewesen war, liquidiert und in diese acht Zimmer gesteckt, um Clemens und Afra einzuladen, bei ihnen zu wohnen – so war es, bei Licht besehen.

Kein idealer Boden für die gemeinsame Wirtschaft, auch wenn sie gewissenhaft durchgespielt wird. Sie haben Clemens' alten Renault vergesellschaftet nach Maßgabe des jeweils stärksten Bedürfnisses, die Auslagen für tägliche Lebenshaltung geteilt nach Maßgabe der individuellen Möglichkeiten, die Hauspflichten nach einem Plan geordnet, den sie am Schwarzen Brett an-

schlagen. Viel Regelung für vier Leute, aber sie unterwandern sie ja durch Spontaneität und sind überhaupt entschlossen, auch das Selbstverständliche neu zu erleben und nicht so bald etwas komisch zu finden. Die Verteilung der obern Räume hat sich zwanglos ergeben, außer den Schlafzimmern sind noch drei Arbeitszimmer übrig. Pat gestaltet auf dem Dachboden, wenn es nicht zu kalt ist. Die vordere Stube, ein ehemaliger Salon mit knappem Seeblick, ist als Gemeinschaftssphäre eingerichtet, es gibt da außer dem Fernseher und der Tonanlage auch ein mexikanisches Edel-Schach und andere Spiele, sogar Monopoly zur Bestreitung ausbeuterischer Regressionen, nur die Feste, die da gebaut werden sollen, wollen nie recht stattfinden. Das altertümlich große Eßzimmer mit Nordexposition steht Karl für seine Malereien zur Verfügung, –
(und wer sich da sein Haus, in dem er liegt, so vor Augen hält, nimmt Abschied)
da im Vorderzimmer häufig der Fernseher läuft, Afras Mitgift, hat man die Zwischentür dichtgemacht. Gegen die Küchengeräusche, die hinter der ebenfalls vermauerten Durchreiche klappern, ist dann kein Kraut gewachsen. Nichts ist der Konzentration so abträglich wie die Nähe einer Küche, besonders wenn sie sich zum *eigentlichen* Tagesraum auswächst ... Clemens kocht gern und gewählt, in seiner Küche wird, anders als im Nordzimmer, mit Genuß gearbeitet. Wenn die alten Wände den Duft durchziehen lassen, kommt der Künstler nebenan sich widerlegt vor, er hat ja auch Appetit ... auf die Dauer ist selbst mit der Pfeife nichts dagegen auszurichten. Drüben wird gelacht; über wen wohl? Diese Küche stört ihn jetzt auch, wenn sie schweigt. Es kommt vor, es kommt jetzt fast jeden Morgen vor, daß

er sie *allein* betritt, wenn die Vögel noch singen, das Frühstück vorbereitet, auch wenn die Reihe nicht an ihm ist. Morgen für Morgen opfert er sich und verschwindet, ohne etwas angerührt zu haben, wie ein Knecht in seinem eigenen Haus, nimmt Kaffee und Schokolade mit und ein Buch und wartet in seinem Atelier auf die Zeitung. Die andern schlafen noch, *können* schlafen, während er beim Lesen an seine Nächte denkt, die seine Gesundheit untergraben. Der Druck in der Herzgegend verstärkt sich um neun Uhr, er zündet sich dann eine neue Pfeife an und geht, wenn es immer noch still ist, zwischen dem gedeckten Küchentisch und seiner stehengebliebenen Staffelei hin und her, ohne eins oder das andere anzusehen. Zarte Fluren von Rauch –

Heute will er nicht rauchen.

Clemens wäre in der Lage, ihm etwas gegen Herzdruck zu verschreiben, aber Karl bittet ihn nicht darum; so leicht soll es Clemens nicht haben. Dabei ist Clemens ein Freund, er stößt sich mit Sicherheit an jedem kleinen Widerstand, der irgendwo im Haus begraben ist. Dann wartet er den rechten Augenblick ab, der Psycholog, um den Widerstand gemeinsam auszuscharren. Die Löcher bleiben dann als Fallgruben und Prüfstellen der Gruppenarbeit zurück ...

(Es gibt doch kein Bild, dem du entsprechen müßtest. Tu dir keinen Zwang an. Was du dir antust, geschieht auch den andern, und das hast du nicht nötig.)

(Natürlich ist malen wichtig. Wichtig ist, was du gern machst und was keiner so macht wie du. Das ist nicht narzißtisch, das wirft auch für die andern Informationen ab. Je privater es dir scheint, desto mehr gibt es für uns her.)

Ja, ja, Clemens, aber nach der Tapies-Ausstellung hast du nicht über die Psychologie des Malers gesprochen, sondern über seine Bilder ...

Man kann auch mit offenen Karten falsch spielen, Clemens.

Bist du wach? fragt Pat von ihm weg.

Kaum, sagt er und erschrickt über die Rauheit seiner Stimme, ohne sie wegzukriegen, es wird die Karikatur eines Räusperns. – Schlaf weiter. Ich geh nur pissen.

Er stemmt sich aus dem Bett, legt ohne hinzusehen die Decke an ihre Schulter, dreht sich dann, wie er seine Kleider vom Stuhl nimmt, doch noch um und begegnet ihrem großen, vielleicht schon lange wach gewesenen Blick. Er nickt ungeduldig wie jemand, der *wirklich* Dringendes zu besorgen hat. – Zärtlichkeit am Morgen hat es lange nicht mehr gegeben, auch wenn die Halbschlafwärme dazu einladen wollte. – Er nimmt die Zunge zwischen die Zähne, während er die Tür schließt. Sie schnappt doch noch hörbar ein; jetzt weiß er augenblicklich nicht mehr, was er mit sich anfangen soll.

Ein Blick auf sein Handgelenk, jetzt vermißt er seine Uhr; er hat sie gestern abgelegt, Gott weiß wo. Widerwillig starrt er auf die blaue Manschette seines Pyjamas; eine Farbe, als wäre er nie erwachsen geworden. – Am Fenster gäbe es einen Blick auf Kirchturm und Zifferblatt, auf den traurigen Beton eines Kirchenbaus aus den fünfziger Jahren. – Er bleibt vor dem Schlafzimmer Clemens' und Afras stehen, wie jeden Morgen: nichts. Es fehlte noch, daß er das Ohr gegen die Tür hält. Wie jämmerlich verhält er sich in seiner eigenen Gesellschaft; sie scheint ihm nicht die geringste Achtung einzuflößen. – Ein Nichts von solcher Atemlosigkeit,

daß man denken kann, es werde auch an der andern Seite der Tür gelauscht.
Fünf vor halb sieben. Föhn. Die Gebäude am andern Ufer sind scharf zu sehen. Der Himmel, hellblau, wird heute noch umkippen in eine Regenwand, und jede einzelne dieser Feststellungen nützt ihm nichts.
Er senkt den Blick in den Vorgarten, der ungepflegt ist im Vergleich zu den Gärtchen rechts und links, ein paar Dutzend Quadratmeter gemischter Wiese. Als die Nachbarn noch freundlich waren, haben sie ihm Ratschläge zur Bepflanzung gegeben und den Turnus des »Abfuhrwesens« erläutert. Einmal wurden nur grüne Gläser mitgenommen, einmal nur braune, einmal nur Stauden, einmal nur Zeitungen, und nur bündelweise. Diese kann man freilich auch, statt der Kehrichtverwertung, einem guten Zweck zuführen, nur muß man sich dann wieder ein neues Datum merken. Als Hausbesitzer wandten sich die Nachbarn an ihn, Clemens und Afra hielten sie, so lange das möglich war, für Gäste. Als es nicht mehr möglich war, begannen sie zu schweigen und die Geräte sprechen zu lassen ... sie führten ihre Rasenmäher mit Bewegungen, die man als Abwehr deuten konnte, den Rändern entlang, wo die Grundstücke zusammenstießen und wo »die Kommune« mit Saubermachen nicht hinkam ... Einmal hat ihm eine Nachbarin das Angebot gemacht, das Gras auf ihre Kosten mähen zu lassen, um der wilden Versamung vorzubeugen; sein Grundstück war eine Brutstätte von Wegerich, Maßliebchen und andern Rasenfeinden. Sie bekamen zu spüren, daß Nachbarschaft auch dann verpflichtet, wenn sie unbenützt bleibt. – Dabei sind die Nachbarn keine Karikaturen, sie geben sich Mühe, sie haben die Wohngemeinschaft sogar

schon »originell« genannt. Man redet nur nicht die gleiche Sprache, kann keinen Gruß so fallen lassen, daß er auf der andern Hagseite richtig ankommt. – Einmal haben sie in ihrer Ratlosigkeit Bürgerschreck gespielt: eines Sommermorgens verkleideten sie sich als Bauern und rückten zu viert mit Sensen und Sicheln ihrer winzigen Wildnis zu Leibe, etwas Hasch war wohl beteiligt, daß sie das Ganze so lustig fanden ... dann hatten sie unter den wilden Trieben ihres Birnbäumchens gefrühstückt und Volkslieder mit wehmütigen Texten gesungen, während Clemens an der Zither zupfte ... heute morgen sieht Karl die kichernde Gruppe, die sie da gewesen sind, mit den Augen der Nachbarn und stöhnt vor Verlegenheit. Sein Vater hatte am Ende nicht viel anderes mehr gekannt als Gartenfreuden ... oder was er so nannte. Glücklich wirkte er nicht, wenn er seinen Fuß einmal auf dem Spaten ruhen ließ, sondern immer noch gründlich und bitter entschlossen ... dabei nannte er den Garten seinen »Ausgleich«. Es mußte schon die Krankheit gewesen sein, was wie Entschlossenheit aussah ... für Karl war ein Garten immer eine Strafe gewesen, ein Stück Land, das einem das Spielen vergällte, weil es nie sauberzujäten war. ›Willst du mir nicht *ein* Mal den Gefallen tun?‹ Aber es war gar kein Gefallen, das Gesicht des Vaters hellte sich nicht auf, wenn man drei Stunden im Garten gekauert hatte ... der Schmutz unter den Fingernägeln, die vertrockneten Hände ... Die Leute bestellten ja ihr eigenes Grab ... ihre Friedhöfe sahen so aus, wie sie sich ihre Gärten wünschten.

Heute würde er gern etwas von Gärten verstehen, von Säen, Pflanzen, Düngen, Veredeln, er nimmt dem Vater sein Leiden nicht mehr übel, er versteht die

Nachbarn. Die kleine Wildnis da unten sieht nicht mehr wie ein Bekenntnis aus oder ein Einfall, es ist nur noch die Abwesenheit von beidem. Der schlechte Zufall regiert, die langweiligsten Kräuter gedeihen, eigentlich rührt es ihn, daß überhaupt noch Grünes gedeiht. – Mit seinen Bildern ist es nicht anders, auch da breitet sich Zufall aus, aber der rührt ihn nicht mehr.
(Man kann nicht alles auf einmal. Wir suchen ja immer noch eine Form für dieses Haus ... das ist schwer genug, weil das Haus schon eine Form hat, diejenige gepreßter Lebenserwartung, aufgeteilt in Räume, die jedem andern Zweck widerstrebten außer dem ihrer Aufteilung ... oben schlafen, unten wohnen, hier essen, drüben rauchen, draußen spielen ... so hat die Heimat des kleinen Mittelstands ausgesehen, das häuschengewordene Arrangement mit der Entfremdung, eine Reproduktionsanstalt für brave Neurosen ...)
Ach, es ist alles nicht mehr ganz so, die muntern Urteile haben sich verkrümelt wie falsche Freunde. Wir bauen hier keine besseren Neurosen. Unsere beruht auf der Annahme, daß Clemens und Afra Probleme miteinander haben, Pat und Karl aber keine. Unsere Diskussionen haben den Sinn herauszufinden, warum Karl und Pat glauben, keine Probleme zu haben: das ist ihr Problem. Während Clemens' und Afras Problem darin besteht, mit ihren Problemen, die sie sich einzugestehen den Mut haben, leben zu lernen, auf jedes Risiko, auch das der Trennung. – Ist das kein Arrangement? und kein besonders kollegiales, denn Karl wird ja auf alle Fälle auf seinem Haus sitzen bleiben ... am Ende ist das Haus, das er der Wohngemeinschaft zuliebe angeschafft hat, *sein* Problem, und er hat zum Schaden den Spott: die Sorgen des Hausvaters! Avancierte

Leute möchten diese Sorgen nicht haben. Sie wohnen nur hier, gefälligkeitshalber, sie haben die Gnade, Karl und Pat gewinnbringend an *echten* Problemen zu beteiligen, sie wohnen recht ausgiebig, solange ihr avanciertes Provisorium dauert ... diese echten Probleme kommen Karl immer mehr als eine besondere Art der Besitzergreifung vor. Afra erobert Terrain mit jedem Zusammenbruch, sie läßt Leute, die den Mut zur offenen Krise nicht aufbringen, in ihren eigenen Augen klein und häßlich erscheinen, Leute, die unreflektiert genug sind zu heiraten, bevor sie wissen können, was eine *Bindung* bedeutet ... Afra erhebt sich wie eine zürnende Gottheit auf dem Problemvorsprung, den sie sich aus ihren Autoren zusammengebaut hat, sie nimmt in Kauf, daß sie dabei nicht unattraktiv erscheint, mit ihrem zurückgeschüttelten Haar, und den eifrigen schmalen Wangen ... nur eins nimmt sie nicht in Kauf: daß man sich an Afras Problemen vorbeidrückt, sie kann empirisch beweisen, daß ihre Probleme *der Fall sind.* Sie tut kund und zu wissen in ihrer netten hastigen Mundart, was Clemens und sie einander schuldig bleiben, wenn sie miteinander schlafen. Indem sie diese Schuld sozialisiert, schickt sie Karl und Pat, die es nicht so genau nehmen, in die Gewissensprüfung, es darf nichts Ungefähres mehr vorkommen, mit dem Erfolg, daß bald gar nichts mehr vorkommt ... Afra und Clemens versagen auf einem Niveau, das zwar bedrückend sein kann, aber relevant ist, während Pats und Karls Beziehung auf Unkenntnis beruht ...
Karl starrt auf den Kirchturm vor ihm; sein Ressentiment ist nicht schöner. Clemens verhält sich ja anders. Er fordert die Verheirateten nicht heraus, gesteht ihrem Verhältnis Richtigkeit zu, geht davon als einer Leistung

aus, von der Clemens' Mängel unglücklich abstechen. Aber das Unglück der Freunde erpreßt uns noch stärker als ihre Kritik, beschämt uns an einer Stelle, wo die Rechthaberei nicht hinreicht ... verkümmert uns den Spaß an den eigenen Sorgen. Weiß Gott, Clemens und Afra nahmen ihm sogar die Kraft, ihre Attacken übel zu nehmen, es fehlt ihnen ja der Sinn dafür, daß sie ihn angreifen – und er wagt nicht, es sich deutlich einzugestehen. – Weil er fürchtet, daß sie ihn verlassen, wenn er sich so schwach zeigt – ?

Bis an diese Stelle hat er auch schon gedacht – hier scheint eine Grenze erreicht, eine Grenze seiner Überlegungskraft oder seines guten Willens ... denn von der Ehrlichkeit, die jenseits droht, kann er keinen Gebrauch machen, sie würde ihn bei »den andern« erledigen ... er ahnt eine unbeschreibliche Schwäche und nie verzeihbare Armut hinter der nächsten Kulisse seines Wesens, davor scheut er zurück, damit könnte er keinen Menschen festhalten, er würde auch keinem zumuten, damit zu leben. Vielleicht schwimmt also doch noch eine Spur rettenden Stolzes in seiner Angst –

Festzuhalten wäre: Karl weigert sich zur Zeit noch, seine innerste Angst als eine Stärke zu betrachten, er weigert sich aus Anstand, Scham und nochmals Angst: er traut sich nicht zu, *auch so* noch geliebt zu werden.

Festzuhalten: Karl findet zur Zeit noch nicht, daß er im Zustand der Verzweiflung ehrlicher wäre als in anderen Zuständen.

Ebenfalls festzuhalten: Karl zieht es zur Zeit noch vor, irrelevant zu sein, statt verlassen zu werden.

Karl wird sich von seiner Wohngemeinschaft weiter stören lassen.

(EINMAL WIRD ES DOCH HERAUS MÜSSEN –)

Die Zeit: sechs Uhr dreiundfünfzig.

Karl setzt sich auf die Treppe.

Spielzeug auf der Treppe: Afra arbeitet seit einem Jahr an einem Projekt, zu dem sie Unterschichtkinder nötig hat; die Unterschichtkinder wiederum haben das Projekt nötig. Anfangs hat es Karl legitim, lustig usw. gefunden, wenn die Kinder auch ins Haus kamen, einmal erlebten, wie es aussah, wenn Leute *wohnten.* Karls Atelier war tabu, auch befreite Kinder müssen lernen, daß Erwachsene ihrerseits Schutzzonen benötigen, die man respektiert. Aber wer kann schon malen, wenn jeden Augenblick ein Ball, ein Holzauto, ein Kind gegen die Tür schmettert. Karl sieht sich mit Pinsel oder Spritzpistole in der Hand auf den nächsten Knall lauern, einmal hat er die Tür aufgerissen und Farbe hinausgeschossen, zum Jubel der Kinder, die er silbern abspritzte wie im Märchen, die Spuren sind immer noch zu sehen, im Grunde sind diese Wände die einzige spontane Kunst im Haus ... sie haben nie Freiräume gekannt, sagt Afra, da ist es doch klar, daß sie den ersten, den sie kriegen können, erst einmal kurz und klein schlagen, man muß es durchstehen, bis sie sich zusammenraufen, bis sie herausgefunden haben, daß Zusammenraufen stark macht. Der Fernseher ist nicht zum Spielen da, geh vom Kamin weg, rühr das Auto nicht an, tritt nicht auf den Teppich, wir können nicht schon wieder tapezieren lassen ... sei nicht blöd, Karl, es gibt nicht nur *materielle* Verelendung! – Die Väter dieser Kinder wären niemals mit Clemens' altem Renault herumgefahren, aber es mußten nun einmal Elendskinder sein. Afra spielte, daß die Kinder hochgradig entfremdet waren, und wehe jedem, der nicht mitspielte ... Karl hält die Reste eines Lego-Hubschraubers in der Hand und betrachtet ihn wie das Modell einer Neuen Welt, während es draußen sieben Uhr schlägt. Geladen kommen sie ja, die Kinder, so viel ist richtig, ihre häusliche Ladung scheint unerschöpflich, sie raufen sich hier zusammen, daß die Böden zittern, nur ist das Zusammenraufen von einfachem Raufen leider nicht zu unterscheiden, sie setzen ihr gutes Werk im Hause fort, während die Projektverfasserin an die Universität entläuft, um diese durch gezielte Voten zu verändern. Sie unterhalten sich ja allein, sagt Afra, und das tun sie auch, das sind die bedrohlichsten Augenblicke, wenn es still wird im Haus, dann wartet Karl auf eine Explosion, einen Armbruch, einen Dachbrand, und ist sozusagen erleichtert, wenn sie wieder angeheult kommen und aus Versehen – die Versehen häufen sich – seine Tür aufreißen, meist hat sich ja wirklich eins etwas getan oder die andern ihm. (Wofür bestrafst du diese Kinder eigentlich? Bist du dir bewußt, daß du genau das reproduzierst, was dich kaputt gemacht hast?) Die Aufgabe des Künstlers lautete: Baum zu spielen, Pannen durch schlichte Gegenwart zu entschärfen, die Kinder ihre eigenen Lösungen finden zu lassen, auch dann nicht einzugreifen, wenn die wie *faschistische* Lösungen aussahen. (Du brauchst doch nur da zu sein, nichts weiter. Oder kannst du das gar nicht mehr? Wie hast du dir denn das Vaterwerden eigentlich gedacht?) Am Ende ist sogar Mitspielen einfacher als DA SEIN, und so wird man statt Maler zur vergesellschafteten Vogelscheuche, tastet sich durch Kinderwildnisse im eigenen Haus und bekommt dafür mißtrauische und im Grunde tief böse Anrufe von Eltern, die zwar in der Biskuitfabrik arbeiten, aber einige tausend Franken mehr verdienen als diese ganze Wohngemeinschaft zusammen, die da immer noch glaubt, sich den Luxus von *Bewußtsein* leisten zu können. Man hält sie für Kommunisten, aber denkt nicht daran, die eigenen Kinder nach Hause zu holen, weil man die Kinder offenbar *noch* weniger verträgt als Kommunisten ... Das ist es ja, sagt Afra, sieh mal, genau das ist es.

Und wer räumt die Spielsachen auf? Sie werden es selbst tun, sobald sie entdeckt haben, daß Ordnung Spaß macht, daß sie sich organisieren müssen ... also räumt am Ende Pat die Spielsachen auf. Pat ist im Grunde die einzige, die zu den Kindern ein Verhältnis hat ... und doch mißtraut Karl ihrer Geduld. Wodurch ist sie »ausgefüllt«, seit sie nicht mehr ihre Teppiche webt? Durch eine nahe Schwermut? Es hat dergleichen in ihrer Familie gegeben. – Ein eigenes Kind löst nie einen Konflikt, sagt Afra, es kann latente Konflikte nur verschärfen ... warum webt Pat nicht mehr? Häkeln ist doch kein Ersatz ... Pat hat, anders als Karl, schon Stücke verkauft, Applikationen auf fragile, wasserähnliche Stoffe, Strandgut, das man an der Adria miteinander gesammelt hat. Vom Meer gerundete Glasscherben, im Salz gealtertes Plastik, verfremdete Hölzer, das wirkt kostbar in seiner Vereinzelung auf Textilgrund, bijouterie pauvre, etwas ete-petete vielleicht. Pats bedächtiger Bastel-Fleiß hat ihn gestört, jetzt vermißt er ihn, vielleicht hatte das einen unbekannten therapeutischen Sinn, was ist denn an dessen Stelle getreten, hoffentlich, trotz allem, das Kind –

Das Kleiderbündel, das er gedankenlos auf seine Treppe mitgeschleppt hat, lappt über die Stufen und widert ihn an. Aufstehen, sich doch noch waschen, alles ist besser als hockenbleiben, und alles steht ihm bevor wie eine einzige Zumutung ... was hat er eigentlich gewollt?

Pissen.

Das ist er, im Spiegel. Keine Rasur heute. Die ersten Nachbarn beladen ihre Autos mit sich selbst, der Milchmann zirkuliert im Elektromobil, Frau Büchi hält Wäsche gegen den Wind fest: was für ein Glück, der übrige Tag ist wach, es kommt nicht mehr so viel auf uns an.

Wenn ich bis zehn gezählt nicht kann, will ich auf der Stelle tot umfallen. Wenn diese Ampel jetzt rot wird, dann liebt sie mich nicht mehr. Wenn dieser Stein nicht dreimal auf dem Wasser hüpft, will ich nicht in den Himmel kommen ... und dann fuhr der Stein wie eine Messerschneide ins Wasser und verschwand. Wenn ich den Baum dort treffe, gibt es morgen keine Mathematikprüfung. Hatte eine dieser Kinderwetten *nicht* den geheimen Sinn, verloren zu werden? Und jedesmal dieser Einsatz, das Spiel mit dem Äußersten, Tod, Verdammnis, Mathematikprüfung. Warum wollte er selbst verlorengehen? Er wartete immer auf das Schrecklichste, womit glaubte er es verdient zu haben? Gut werden, was steckt da für ein Gutmachen dahinter? Wie lautet die Schuld, für die er zahlt – zum Beispiel mit einer Wohngemeinschaft, die seinen Bedürfnissen so tief widerstrebt? Was hat er gegen seine Bedürfnisse, wofür bestraft er sie?

Er wartet immer noch. Wenn bis zehn nichts kommt, dann ... dann will ich nie wieder pissen können –

Neun, zehn, nichts – was zu beweisen war.

Er unterhält eine ausgesuchte Feindschaft zu sich selbst.

War er schuld, daß seine Mutter mit einem freundlichen Onkel verschwand? Wirft er sich vor, daß er als

Zehnjähriger nicht Manns genug gewesen ist, sie festzuhalten? Hat er seinen Vater umgebracht, weil er ihm nie einen Gefallen tun konnte? Dämmert da irgendwo ein Machandelboom unterm Eis ... was ist es, was er so lebendig begraben hat, daß es keine Ruhe gibt ... sich nicht sehen lassen will ... weil es ein Fleisch ist mit ihm ... es *zeigt* sich nur an seinen Werken, aber es sind Karls eigene Hände, die diese Werke tun müssen ... sie stellen ihm Fallen, in die seine Füße jeden Tag treten, aber er soll es nicht merken, nichts davon wissen ... nur weh tun soll es offenbar. Was ist es, was da in seinem Gesicht durchschlägt als Mangel an Gesicht ... seine Wünsche unaufhaltsam wegbiegt vom Leben? Da hat es einmal eine Schwester gegeben, ein Jahr jünger als er, gestorben mit fünf Jahren ... was hat er mit ihr gemacht? Was fürchtet er, mit ihr gemacht zu haben?

Immer noch nichts. Und das Gespenst hält ihm alle Augen der Erinnerung zu. Jetzt:

WAS HABT IHR MIR GETAN? HABT IHR EUCH EIN EINZIGES MAL WIRKLICH GEFREUT, DASS ICH DA WAR? HÄTTE ICH BESSER NICHT DA SEIN SOLLEN? WAS HABE ICH EUCH GETAN, BEVOR ICH DA WAR?

Vielleicht.

Er ist erleichtert, hat sich erleichtert, er will es als Zeichen gelten lassen, man kann sich seine Wunder nicht aussuchen –

Er wirft die Pyjamahose in den Wäschekorb. Er überlegt sich, ob Clemens, der heute Waschtag hat, die Hose anfassen soll. Dann läßt er sie im Korb. Er sieht sich wieder im Spiegel, ein Hemdenmatz mit angegrauten Schläfen. Weg auch mit dem Oberteil. Wer nimmt ihm die Scham vor diesem Körper. Der kalte Strahl überläuft ihn, er wundert sich, daß er nie auf die Idee ge-

kommen ist, Clemens für den Vater des Kindes zu halten. Wenn er an Pat denkt, ist das ausgeschlossen bis zur Lächerlichkeit – ja?
Besonders geplant ist die Schwangerschaft nicht gewesen. Die Liebe ist einfach zu sparsam geworden, als daß sich die Pille für Pat gelohnt hätte.
Reden über Sexualität: ein Monopol von Clemens und Afra. In Krisenzeiten machen sie so heftig davon Gebrauch, als müßte etwas anderes beschwiegen werden. Orgien von Analyse hat es gegeben, als Afra zum ersten Mal fremd ging, ausbrach, allzu versuchsweise, aus dem Gefängnis ihrer Unverführbarkeit, an der sie leidet. Kübelweise haben sie gruppendynamische Einsichten und sozialpsychologische Mutmaßungen über die Wunde gegossen, ohne daß sicher war, was damit bewirkt wurde, ob es überhaupt eine Wunde war oder ob es nur bequemer war, sie als solche zu behandeln ... Oberflächlich verheilte sie jedenfalls, die Schlafgewohnheiten mit Clemens wurden wieder aufgenommen. Man hat sich darauf geeinigt, daß der Zusammenhalt mit Clemens schließlich Afras stärkerem Bedürfnis entspricht als eine »Außenbindung«, daß diese nur einen bestimmten Demonstrationswert gehabt hat, die entsprechenden (frühkindlichen) Motivationen waren beizubringen. Und dann ist es wieder vorgekommen. Diesmal hat man die Formel gefunden, es habe so kommen müssen, es müsse immer wieder so kommen, so lange Afra ihren Gefühlen grundsätzlich mißtraue ... Clemens war zu nobel und zu schamhaft, um sich als Rezept dagegen anzubieten, er war einfach DA, so gut er konnte, und fütterte seine arme Seele mit Valium durch diese Wochen. Jetzt ist es so weit, daß Afra ihr drittes Abenteuer bestanden hat, oder nicht bestanden, wie sie

selbst findet, was Clemens keineswegs beruhigt, sondern mit der Verantwortung belastet, das nächste Mal möge es Afra *gelingen,* ihn zu verlassen. Es steht nun so, daß Afra sich nicht mehr *jede* Analyse von ihm gefallen läßt, sie läßt über ihre Not reden, aber nicht sich hineinreden, irgendwelche Provinzen bleiben in Schweigen gehüllt und dem Durchmarsch entzogen. Eine Zeitlang half sie sich mit Kopfweh, verkroch sich unters Dach in einen als Gastzimmer gedachten Raum, ohne ihn auf Dauer einzurichten, überließ die Kinder den andern, Projekt hin oder her, die schwangere Pat war ja ohnehin geduldiger als sie, manchmal behandelte Afra diese Schwangerschaft als Anmaßung. Wenn sie das Haus verließ, erzählte sie nichts mehr, man konnte von Rücksichtslosigkeit sprechen. Clemens schien nicht undankbar, als Karl es einmal ohne Umschweife tat, und zitterte dann doppelt um seine erpreßte Liebe. Aber sie ging immer weniger häufig aus, man spielte Mahjong am Abend bis zum frühen Morgen, eine Spielsucht brach aus, an deren Grund niemand rührte, und seit vorgestern ist Afra wieder ins gemeinsame Schlafzimmer zurückgekehrt, eines Morgens um drei Uhr und mit dem Wein im Blut ergab es sich und ist vorläufig dabei geblieben ... von deutlicher Aussöhnung ist nichts zu spüren, man lebt nun so weiter. Man trocknet sich ab, das ist alles, und jetzt schlägt es halb acht.
Karl klaubt sein Kleiderbündel auseinander und steckt die dafür vorgesehenen Glieder in die richtigen Öffnungen. Ihm stößt beinahe nichts zu, außer daß er nicht zum Arbeiten kommt. Der marginalisierte Hausherr im rötlichen Cordanzug. Die anerkannten Spannungen sind die der andern. Ihm bleibt die Unzufriedenheit des Mannes, der sich ausbeuten läßt, weil er keine bessere

Idee hat. Von ihm geht nichts aus. Und das hat jemals ein Künstler werden wollen.
Wieder die Treppe, nochmals die Spielsachen, ganz bestimmt nicht das Atelier, noch nicht die Pfeife. Er beginnt den Küchentisch zu decken, peinlich genau. Er wird das Frühstück der andern vorbereiten und selbst nichts anrühren. Er wird GEHEN. Nicht wohin?: GEHEN! Jugendreflexe, die mit der Föhnsicht zu tun haben, zucken auf einmal in seinen Gelenken, über seine Haut. Wanderschaft ohne Ziel einem unendlichen Horizont entlang. Wolken blühen aus der Tiefe empor. Er verschwindet hinter einer schwach geneigten Kuppe, gegen die ein Bündel Ackerfurchen zusammenläuft, einem immer ferneren Himmel zu. Zum letzten Mal Nahaufnahme: Karls Füße, die zugleich schlendern (unter diesem großen Himmel) und unaufhaltsam gehen (auf diesem Flurweg voll Einzelheiten). Das macht zusammen: GEHEN LASSEN. Be on your way.
Ein Messer und zwei Löffel zu jedem Gedeck. Er kramt vier Eier aus dem Kühlschrank und malt mit dem Filzstift Buchstaben darauf: P, A, C. Ein Ei läßt er leer, das mit dem Schmutzfleck, das wird er wiedererkennen. Ei um Ei sticht er mit dem Eierdorn an und legt es in den Einsatz des Dampfkochers. Eier fressen ... Das Gefühl im Mund, wenn man auf das weiche Gezwirn eines befruchteten Eis stößt, etwas sich abschnellt zwischen den Zähnen, was an eine Nabelschnur erinnert, manchmal ist man darauf vorbereitet, wenn man im Eiweiß schon den dunklen Punkt gesehen hat. Die Eieruhr stellen. Man hat doch eine Eieruhr! Drei Minuten tickt sie für Clemens. Wenn sie klingelt: eine weitere Minute für Pat. Dann noch zwei für Afra und ihn selbst, die Hartgesottenen.

Grün ist das schon wieder. Die Schneeberge sind noch Schneeberge.
Die Zeitung fällt draußen in den Kasten. Karl setzt sich. Die Zeitung ist noch nicht da. Seine gute Tat für diesen Tag.
Er wartet, es tickt.
Bald darauf kommen die Eier unter ihre Häubchen an ihre Plätzchen, die Initialen haben nicht gelitten im Dampf, an das Salz hat er gedacht, sogar an das Ketchup für Clemens, der sich jeden Morgen Ketchup aufs Butterbrot schüttet, der Vampir, und sowas will ein Gourmet sein. Die Espressomaschine steht zum Sieden bereit auf dem Herd, zwei Glaskörper, mit denen Karl einen Kult treibt, das muß für seinen Mangel an Kochkunst aufkommen. Die Käseplatte, ein Stilleben verschieden gelber Klötze, von denen jeder seine Entdeckungsgeschichte hat, Afras gesammelte Werke. Das riecht nach einem langen Frühstück, dem Frühstück origineller Leute.
Heute gibt Karl eine Grapefruit dazu, weil er so bei Laune ist, on his way.
Als er das wässernde Fleisch der vierten Halbkugel von der Schale trennt – das Messer schneidet nicht, aber es ist das passende Messer – knackt es in den Böden des Hauses. Es rauscht, Toilette, Dusche, Karl wartet. Dann schleicht es über die Treppe.
Der erste Blick in die Küche muß wohnlich sein, er *sieht* ihn, diesen Blick, von außen. Über die Gabe, durch fremde Augen auf sich selbst und seine Spiele zu blicken, hat er schon als Kind verfügt, sie war meist beunruhigend, selten erheiternd, später hat er sie für ein Zeichen von Sensibilität gehalten, wahrscheinlich ist es nur ein Zeichen von Nicht-recht-Vorhandensein

... im Augenblick macht es ihm nichts aus. »Echt« macht es ihm nichts aus. Ja, es ist Afra, die in der Tür erscheint, sich am Pfosten räkelt und die Nase in die Luft steckt, während ihr glattes Haar über ein Auge fällt. Sie ist noch zu faul, es weiterzuschütteln. Das gibt es bei ihnen: Koketterie, die nur Geschwisterliches bedeutet, das immerhin gibt es. Sie brummt etwas Zutrauliches, dehnt sich nochmals und läßt sich auf ihren Stuhl fallen. Sie streicht die Wangen ihres schmalen Gesichts noch flacher, mit beiden Händen.

Du rauchst ja gar nicht, was machst du auch immer um diese Zeit?

Nicht malen.

Dein Frühstück ist so gut wie gemalt.

Sie reißt die Augen auf, demonstriert Erwachen, lacht mit ihrer zu hohen Stimme. Sie sagt: Ich habe wieder geträumt, lauter Schweinkram.

Sie sitzt wie oft, wenn man unter sich ist. Sie läßt die Hände in den Schoß hangen und stellt unterm Tisch die Beine breit wie ein Bauernmädchen, lange Beine in geblümtem Stoff, während ihr der graue Blusenteil ihres Schlafanzugs von den gebuckelten Schultern hängt und kaum Brust zu erkennen gibt, aber in der Taille einen Streifen Haut freiläßt.

Kein Wunder, daß du Nierengeschichten hast, sagt er und blickt auf den Streifen, der nicht vertraut ist und nicht fremd.

Blasengeschichten, sagt sie.

Wozu bist du eigentlich mit einem Mediziner befreundet.

Der tut eben nichts für uns.

Schweigen vor vollem Tisch, das behaglich wird.

Fang doch an, sagt Afra.

Wollen wir nicht auf die andern warten?
Wer weiß, wann die kommen.
Ich hole sie.
Laß das, sagt Afra und hält ihm unter dem Tisch einen nackten Fuß in den Weg.
Sind sie denn wach?
Ich glaube schon, sagt sie und hat ihr blasses hohes Lachen. Ihre Augen weichen nicht aus, als er hineinstarrt. Sie zündet sich eine Zigarette an. Das geschüttelte Streichholz will nicht ausgehen. Da läßt sie es andächtig zu Ende brennen. Der verkohlte Kopf ist zwischen ihren Fingern nicht abgebrochen. Sie hat ruhige Finger.
JETZT ALSO GESCHIEHT ES.
Doch, er steht auf. Doch, sein Mund hat zu pfeifen begonnen. Er merkt es und hört auf. Dann beginnt er von neuem, nur schwächer. Wenn der Ton beim Pfeifen schwankt, hört sich das virtuos an. Pfeifen klingt nie heiser. Aber einmal muß man die Lippen befeuchten. Das geht nicht. Karl stellt sich an den Herd. Er dreht die elektrische Platte an. Er bleibt stehen, mit dem Rükken zu allem. Er wartet mit starren Augen auf die kleinen Ereignisse auf dem Boden des untern Gefäßes, das zu knacken beginnt, als wolle es springen. Es kann nicht springen. Es kommt aus Jena. Es läßt nur die Nässe verdampfen, die an der Unterseite haftet. Haftet.
Es würde dir nichts machen, sagt Afra.
Doch.
Er hört, wie sie ihre Grapefruit anzufressen beginnt.
Das erlaubt ihm zu schlucken, in ein tiefes, feierliches Schweigen seines Körpers hinein. Es macht ihm etwas, aber es tut nicht weh. Dafür ist es zu umfassend. Er ist

nicht gefühllos. Es läßt sich einfach damit leben, auch in diesem ersten Augenblick.

Eben ist es noch Mai gewesen, also ist es jetzt Juni.

Du denkst, daß es weitergeht, sagt er. Die ersten Blasen steigen in der geschlossenen Phiole.

Das kommt auf uns an.

Hast du eine Uhr?

Viertel nach acht.

Also viertel nach acht am dritten Juni. Juno, sagen sie in Deutschland, und dann: Julei.

Jetzt kocht das Wasser und drückt durch das Kaffeepulver in die obere Halbkugel durch, wo es Farbe annimmt, erst ein verwaschenes, dann ein satteres Braun. Es duftet. Der Plastikdeckel beginnt zu klappern.

Du, sagt er, ich möchte jetzt malen, und hebt den Kaffeeapparat auf eine kalte Platte.

Seine Stimme ist natürlich, aber er sieht Afra nicht an, während er sich zur Tür dreht.

Wenn ich nicht auch noch da wäre, sagt sie, würdest du das vielleicht tun.

Er steht, als hörte er ihren Worten nach; bevor sie zu reden anfing, hat sie Rauch ausgestoßen, das hat er gehört. – Er geht langsam zum Herd zurück und setzt den Kaffee, der ins untere Glas zurückgeflossen ist, wieder auf die heiße Platte, um ihn zum zweiten Mal aufkochen zu lassen. Er spitzt den Mund wieder zum Pfeifen, aber diesmal pfeift er nicht.

Sie hat in ihren Augen nichts Besonderes, sie schaut ihn an wie ein Mensch, keine Spur boshaft, er meint, das würde er sehen.

Einmal ein Gedanke an Gewalt, er zerreißt Afra die Hose usw., dann wird es noch stiller, nur der Kaffee treibt seine Geschäfte. Eine Fliege schießt auf und prallt

gegen das Fenster, einmal, zweimal. Dann hockt sie auf ein Stück Käse und fegt sich. Afra verscheucht sie. Rauch.
Ich werde ungern überfahren, sagt er.
Clemens ist schon lange überfahren.
Hier ist keine Samariterstation.
Du hättest es anders sagen können.
Er setzt sich an den Tisch, von Afra weg, und schaut zum Fenster hinaus. Das andere Ufer ist trüb geworden und sieht aus, als wolle es trüb bleiben. Das Waldgrün hat sich verdunkelt und ist nicht mehr jung. Regen kommt wohl doch nicht, sicher nicht als Gewitter.
Iß doch, sagt Afra.
Karl gehorcht nicht. Lieber läßt er den Kaffee nochmals aufkochen und zurücksintern.
Sintern ist ein komisches Wort, sagt er.
Dann hebt er das Oberteil der Kaffeemaschine ab, in dem der nasse Satz schon Risse zeigt, setzt es in seinen Ständer und bringt das bauchige Glas an den Tisch. Sorgfältig gießt er Afras Tasse voll.
Ich möchte auch einmal aus der Haut fahren, sagt er.
Er schenkt sich selbst Kaffee ein und stellt den Rest auf die warme Platte zurück; ja, er hat sie abgestellt. Nochmals beginnt der Kaffee schwach zu singen, dann verstummt er. Karl setzt sich und beginnt ein Brot zu streichen.
Afra streckt die Arme über den Frühstückstisch und legt sie ihm um den Hals, weit weg, setzt dazu ihre Stirn auf seine Stirn und reibt dagegen, daß ihre Haare knistern.
Keine Kinder heute, sagt sie, was für eine Wohltat.
Wir kriegen bloß bald eins.
Wir sind verwöhnt, was?
Bezugspersonen daß Gott erbarm.

Du mußt den Ziegenkäse probieren.
Sie essen, Karl schämt sich nicht, daß sein Mund zu hören ist, die Augenblicke gehen vorbei und vorbei.
Wir sollten uns alle weniger Mühe geben, sagt Karl beim Kauen. – Wir haben alle zu viel Gewissen.
Die Treppe knarrt.
Afra sagt: Sehen wir, wer zuerst kommt.
Clemens kommt.
Clemens erscheint mit einem zu großen Schritt unter der Tür und schiebt die Schulter in seinem grünen Morgenrock hin und her. – Morgen, sagt er.
Immer noch Morgen, sagt Karl. – Dein Ei wird kalt.
Wo bleibt Pat? fragt Afra.
Wohl grade duschen gegangen, sagt Clemens und reißt die Augen auf und zu, er weiß offenbar nicht, daß er diese Mode mit Afra teilt. – Schönes Frühstück, sagt er. – Dieser Wittfogel, sagt er. Der will die Geschichte mit Teufels Gewalt optimistisch haben. Nimmt Kautski übel, wenn der eine Niederlage beim Namen nennt. Herr Wittfogel entscheidet, welche Bilder in unsere Ahnengalerie gehören und welche nicht ... diese Orthographen der Geschichte ... ich vertrage das nicht mehr. Die meinen, daß zum aufrechten Gang keine Nonnenhaube gehören darf ... und natürlich erst recht keine Verworfenheit ...
Hast du gelesen? fragt Afra. — Wir dachten, du hast mit Pat geschlafen.
Ha, ha, sagt Clemens und holt sich Kaffee.
Festzuhalten: Karl verspürt keine Erleichterung. Er atmet nicht ruhiger, nicht schneller. Wenn Clemens jetzt lügen sollte, so macht das für Karl keinen Unterschied, aber er lügt gar nicht, und er braucht auch morgen nicht zu lügen, was immer geschieht.

Du bist schon länger auf? fragt Clemens und schlürft den Kaffee so heiß wie möglich.
Ich habe nur wieder mal ein Bild angefangen, sagt Karl.
In diesem Augenblick hören sie draußen Post in den Briefkasten fallen. Karl und Clemens sind gleichzeitig auf die Füße gesprungen. Sie blicken sich an und lachen.
Nun geh doch! sagt Clemens
Worauf wir wohl immer noch warten! sagt Karl.
Alles nur Drucksachen, sagt Clemens und will sich setzen.
Da packt Karl den Wollkopf von Clemens in den Arm und drückt seine Augen hinein, seine Nase, es schüttelt ihn, er kann nicht aufhören, er braucht nicht aufzuhören. Er hat es lange nicht mehr gekonnt, er hat es vor einem Augenblick noch nicht kommen sehen. Clemens faßt Karls Schultergelenke, aber nicht um ihn wegzuschieben, und richtet sich auf. Karl wäre etwas größer, doch so einmal nicht. Es ist eine Sache des Gleichgewichts für den einen und für den andern eine Sache von dreißig Jahren, eines ganzen Lebens. Er wird es nicht los, aber in diesem Augenblick braucht er nicht alles davon zu tragen. Und was er in dieses trockene Haar hineinheult, macht den andern nicht schwerer, warum hätte er sich sonst so leicht aufrichten können. Festzuhalten ist, daß Karl festgehalten wird, und daß er es gleich wieder allein schafft, vielleicht müheloser, aber jetzt noch nicht.
Afra aber sieht nach der ersten Überraschung, die unbemerkt bleibt, zum Fenster hinaus, hinter dem es zu regnen beginnt.

Inhalt

Alphabetisches Gesamtverzeichnis der suhrkamp taschenbücher

Achternbusch, Alexanderschlacht 61
– Die Stunde des Todes 449
– Happy oder Der Tag wird kommen 262
Adorno, Erziehung zur Mündigkeit 11
– Studien zum autoritären Charakter 107
– Versuch, das ›Endspiel‹ zu verstehen 72
– Versuch über Wagner 177
– Zur Dialektik des Engagements 134
Aitmatow, Der weiße Dampfer 51
Alegría, Die hungrigen Hunde 447
Alfvén, Atome, Mensch und Universum 139
– M 70 – Die Menschheit der siebziger Jahre 34
Allerleirauh 19
Alsheimer, Eine Reise nach Vietnam 628
– Vietnamesische Lehrjahre 73
Alter als Stigma 468
Anders, Kosmologische Humoreske 432
v. Ardenne, Ein glückliches Leben für Technik und Forschung 310
Arendt, Die verborgene Tradition 303
Arlt, Die sieben Irren 399
Arguedas, Die tiefen Flüsse 588
Artmann, Grünverschlossene Botschaft 82
– How much, schatzi? 136
– Lilienweißer Brief 498
– The Best of H. C. Artmann 275
– Unter der Bedeckung eines Hutes 337
v. Baeyer, Angst 118
Bahlow, Deutsches Namenlexikon 65
Balint, Fünf Minuten pro Patient 446
Ball, Hermann Hesse 385
Barnet (Hrsg.), Der Cimarrón 346
Basis 5, Jahrbuch für deutsche Gegenwartsliteratur 276
Basis 6, Jahrbuch für deutsche Gegenwartsliteratur 340
Basis 7, Jahrbuch für deutsche Gegenwartsliteratur 420
Basis 8, Jahrbuch für deutsche Gegenwartsliteratur 457
Basis 9, Jahrbuch für deutsche Gegenwartsliteratur 553
Basis 10, Jahrbuch für deutsche Gegenwartsliteratur 589
Beaucamp, Das Dilemma der Avantgarde 329
Becker, Jürgen, Eine Zeit ohne Wörter 20
Becker, Jurek, Irreführung der Behörden 271
– Der Boxer 526
Beckett, Das letzte Band (dreisprachig) 200
– Der Namenlose 536
– Endspiel (dreisprachig) 171
– Glückliche Tage (dreisprachig) 248
– Malone stirbt 407
– Molloy 229
– Warten auf Godot (dreisprachig) 1
– Watt 46
Das Werk von Beckett. Berliner Colloquium 225
Materialien zu Becketts »Godot« 104
Materialien zu Becketts »Godot« 2 475
Materialien zu Becketts Romanen 315
Benjamin, Der Stratege im Literaturkampf 176
– Illuminationen 345
– Über Haschisch 21
– Ursprung des deutschen Trauerspiels 69
Zur Aktualität Walter Benjamins 150
Bernhard, Das Kalkwerk 128
– Der Kulterer 306
– Frost 47
– Gehen 5
– Salzburger Stücke 257
Bertaux, Mutation der Menschheit 555
Bierce, Das Spukhaus 365
Bingel, Lied für Zement 287
Bioy Casares, Fluchtplan 378
– Schweinekrieg 469
Blackwood, Besuch von Drüben 411
– Das leere Haus 30
– Der Griff aus dem Dunkel 518
Bloch, Spuren 451
– Atheismus im Christentum 144
Börne, Spiegelbild des Lebens 408
Bond, Bingo 283
– Die See 160
Brasch, Kargo 541
Braun, Das ungezwungne Leben Kasts 546
– Gedichte 499
– Stücke 1 198
Brecht, Frühe Stücke 201
– Gedichte 251
– Geschichten vom Herrn Keuner 16
– Schriften zur Gesellschaft 199
Brecht in Augsburg 297
Bertolt Brechts Dreigroschenbuch 87
Brentano, Berliner Novellen 568
– Prozeß ohne Richter 427
Broch, Barbara 151
– Dramen 538
– Gedichte 572
– Massenwahntheorie 502
– Philosophische Schriften 1 u. 2 2 Bde. 375
– Politische Schriften 445
– Schlafwandler 472
– Schriften zur Literatur 1 246
– Schriften zur Literatur 2 247
– Schuldlosen 209
– Tod des Vergil 296
– Unbekannte Größe 393
– Verzauberung 350
Materialien zu »Der Tod des Vergil« 317
Brod, Der Prager Kreis 547
– Tycho Brahes Weg zu Gott 490
Broszat, 200 Jahre deutsche Polenpolitik 74
Brude-Firnau (Hrsg.), Aus den Tagebüchern Th. Herzls 374
Büßerinnen aus dem Gnadenkloster, Die 632
Bulwer-Lytton, Das kommende Geschlecht 609
Buono, Zur Prosa Brechts. Aufsätze 88
Butor, Paris–Rom oder Die Modifikation 89
Campbell, Der Heros in tausend Gestalten 424
Carossa, Ungleiche Welten 521
Über Hans Carossa 497
Carpentier, Explosion in der Kathedrale 370
– Krieg der Zeit 552
Celan, Mohn und Gedächtnis 231
– Von Schwelle zu Schwelle 301
Chomsky, Indochina und die amerikanische Krise 32
– Kambodscha Laos Nordvietnam 103
– Über Erkenntnis und Freiheit 91
Cioran, Die verfehlte Schöpfung 550
– Vom Nachteil geboren zu sein 549
Claes, Flachskopf 524